日和
hiyori

让阅读成为日常

老何所依

老後の資金がありません

〔日〕垣谷美雨 ◎著

吕灵芝 ◎译

湖南文艺出版社

图书在版编目（CIP）数据

老何所依 /（日）垣谷美雨著；吕灵芝译. -- 长沙：湖南文艺出版社，2021.9（2022.5 重印）

（日和）

ISBN 978-7-5726-0134-7

Ⅰ.①老… Ⅱ.①垣… ②吕… Ⅲ.①长篇小说—日本—现代 Ⅳ.①I313.45

中国版本图书馆CIP数据核字(2021)第119792号

著作权合同图字：18-2020-127

ROGO NO SHIKIN GA ARIMASEN
BY Miu KAKIYA
Copyright © 2015—2018 Miu KAKIYA
Original Japanese edition published by CHUOKORON-SHINSHA, INC.
All rights reserved.
Chinese (in Simplified character only) translation copyright © 2021 by Hunan Literature and Art Publishing House Co., Ltd.
Chinese (in Simplified character only) translation rights arranged with CHUOKORON-SHINSHA, INC. through Bardon-Chinese Media Agency, Taipei.

日和
hiyori

老何所依
LAO HE SUO YI

著　　者：	〔日〕垣谷美雨	译　　者：	吕灵芝
出 版 人：	陈新文	责任编辑：	夏必玄
封面设计：	少　少	内文排版：	钟灿霞

出版发行：湖南文艺出版社
　　　　　（长沙市雨花区东二环一段508号 邮编：410014）
印　　刷：湖南凌宇纸品有限公司
开　　本：880mm×1230mm 1/64　　印　张：5.5　　字　数：138千字
版　　次：2021年9月第1版　　印　次：2022年5月第2次印刷
书　　号：ISBN 978-7-5726-0134-7　　定　价：42.00元

（如有印装质量问题，请直接与本社出版科联系调换）

1

多漂亮啊。

我从未见过如此美丽的鲜花。

后藤笃子双手撑在餐桌上,陶醉地看着那束芍药。红色威尼斯玻璃花瓶竟能酝酿出如此迷人的异国情调,真是个令人惊喜的失算。

"喂,笃子,你到底有没有在听?这可是一辈子的大事。"

丈夫愠怒的声音让她回到了现实。

他叼着牙签,气恼地看着她。

"一辈子的大事?这我当然知道呀。不过为婚礼花六百万还是太那个了。如果是结婚的人自己出也就算了,哪有让爹妈出这个钱的道理。"

他们已经不知第几次重复这个对话了。为了女儿的婚礼,最近每晚都是这样。

"你不觉得沙也加很可怜吗。那边可是有钱人家的大少爷,你想让她面子上过不去吗?本来沙也加就因为两人门不当户不对而有点自卑了。"

"那可是六百万啊,六百万!又不是大明星。"

说完,笃子开始收拾桌上的餐具。

今天的晚饭是鲣鱼刺身、煮南瓜和清汤豆腐。结婚以后,丈夫每天都很晚回家,所以深夜十一点多了她还要洗碗。

刺身盘子里还剩着完全都没动过的萝卜丝和紫苏。虽然只是把超市刺身盒附带的小菜原样转移到盘子里,但这些也都不是免费的,全都包含在价格里。她无法理解丈夫为何这么浪费。

本来,她很喜欢吃饭干干净净的男性。如果实在不喜欢吃,剩下来倒也情有可原,然而丈夫向来只吃鱼肉这些主菜,对蔬菜不闻不问。等到五十多岁了,她终于忍不住对这种粗俗的习惯嗤之以鼻。

"笃子啊,说是六百万,不过两家对半一分,就剩下三百万了呀。我们又不是出不起这笔钱,对不对?既然出得起,那就出吧。"

"章先生,你已经五十七了,这把年纪去动用养老资金可不行啊。"

大约两年前,她决定改称丈夫为"章先生"。之前她一直管他叫"孩子他爸"。记得那次两人在百货公司的北海道展走散了,她忍着鞋子磨脚的疼痛,在人群中到处寻找,好不容易找到了,却发现他在试吃黄油土豆。他那一脸幸福的蠢样子让她气不打一处来,忍不住大喊一声"孩子他爸!",结果好几个中老年男性同时转了过来。

世界上有很多"孩子他爸",就是在那一刻,她决定要换个称呼。毕竟孩子已经成年了。一想到丈夫直接管她叫"笃子",而自己却要加个"先生",她就很不服气。可是,如果习惯了直呼其名,她很担心自己在丈夫的亲戚面前也忍不住喊他"章!"——毕竟年龄大了,脑子越来越不灵光,要根据场合改变称呼实在太麻烦。最后没办法,她只好选了"章先生"。

"笃子,你现在没必要这么认真考虑养老的问题吧?"

"说啥呢,你还有三年就退休了呀。"

丈夫在一家规模中等的建筑公司工作。

"说了多少次了,我们公司可以一直干到六十五岁。"

"六十岁以后不是会减薪吗?"

"是啊。"

"减多少?一半?"

"不知道。如果按年薪算,可能减四分之一吧。不过还有退职金啊。"

丈夫喝着餐后的热茶,优哉游哉地说着,没有一点危机意识。

"退职金有多少?两千万有吗?"

"怎么可能,那都是很久以前的标准了。去年退休的流通部部长刚过一千万。据说他一直准备用退职金偿还剩下的住房贷款,当时打击可大了。"

说完,丈夫发出了事不关己的爽朗笑声。

"我怎么不知道这个?这种事你得马上告诉我啊。"

"早点告诉你又不能让退职金变多。"

丈夫又笑了起来。

他怎么这么不上心?

"笃子你就是爱瞎操心,人生嘛,总会有办法的。现在不也多亏了笃子持家有方,我们一直过得很顺利嘛。是笃子一点点攒钱，一点点提前还贷，咱们才有望在退休前还完贷款，对不对？不然就得还到七十岁了。所以说啊，老婆还是要找会理财的好。"

丈夫说的没错，是她这个当妻子的绞尽脑汁维持着这个家。正因如此，他们才能供两个孩子上完私立大学，而且只差两年就能还完房贷。然而，只要稍微松懈下来，区区一千二百万的存款眨眼就会花光，更何况这点钱完全不够支撑他们到六十五岁领退休金。

"章先生，我们这一代的退休金都靠不住，还要防备天灾人祸，这叫我怎么放心。"

他该不会把老婆当成可以随意变大变小的魔法棒了吧。要是他以为钱只需挤挤就会有，那可真是大错特错。

"笃子啊，就算咱们无所谓，也得考虑对方的感受。"

沙也加的未婚夫虽然是普通商社的白领职员，但是他家里经营着岐阜县的大型超市连锁店。而且，男方父亲是山区出身，那边现在还有花大钱操办婚礼并邀请街坊邻居参加的风俗。据说他们家也想在东京大办婚礼，但邀请的大多是超市合作方，显然是把儿子的婚礼当成了招待客户的场所。

"总之我就是不想丢脸。"

这不,丈夫道出了心声。

嘴上说是为了女儿的幸福,实际就是死要面子,不想被男方家庭比下去。这人平时就很死撑。

丈夫在东京出生长大。你说在这个连邻居都不认识的大城市里,究竟有什么虚张声势的必要呢?简直无法理解。与之相比,她这边的亲戚没有一个在乎别人的说道。她老家在山阴地区某个城下小镇,即使在那种环境封闭的镇上长大,她也从未在意过别人的目光,如今想来,这都多亏了父母的看法——自己是自己,别人是别人。

"章先生,现在早就没人觉得简单操办丢人啦。就算是大富翁,也有很多人选择简单操办,所以没必要搞这么豪华。"

"我觉得吧,笃子你这种是否有必要的想法本身就不对。照你这么说,世界上所有仪式都没有必要啊。日本人有自己的传统观念,自古以来就讲究仪典与日常的区分……"

"不用说到那分上吧。"

笃子打断了丈夫的话。如果不这样，他不知要滔滔不绝到什么时候。

她怎么就跟这种仿佛来自辩论部的男人结了婚呢。年轻时，仅仅因为丈夫年长四岁，她就觉得他无比成熟。又因为他毕业于自己憧憬的秀荣大学，她更是坚信这个人比自己聪明太多了，甚至对他满怀敬佩。

笃子大学毕业，在一家小公司的财务部工作两年后，他们就结婚了。因为她的工作内容是给男性员工当助理，不仅枯燥无味，而且部门里全是中年男性，完全没有让人心跳的邂逅。她难道要一直在这里待到老吗？当她心中逐渐浮现不安时，跟自己同期入职的女员工提交了结婚离职申请。那天，她抱着一大束花，红光满面地对同事说"感谢你们的关照"，这让笃子心中的焦虑彻底沸腾。就在那时，一个朋友介绍她认识了现在的丈夫，两人交往半年后结婚。

本来她并不喜欢这种类型的男人。也是五十岁过后，这种想法才变得越来越强烈。这也太后知后觉了。想到这里，她连苦笑都挤不出来。无论什么事情，丈夫都要说出个道理来，而且说话时从来不忘炫耀自己的历史和政治知识。曾经她把这些当成知性和可靠的表现,而那段时间,便是她最幸福的时光。至于现在,每次看到丈夫沉浸于自己的雄辩,她就哀叹自己怎么摊上了这么个只知道虚张声势的男人。

五十岁过后,以前没有注意到的细节渐渐浮出水面。

想来,五十岁应该是个坎儿。

而且……每月给公婆交九万的赡养费也很让人头大。如果公婆穷了一辈子倒还值得同情,但是因为生活过于奢侈而导致存款见底,这就太无语了。不仅如此,他们直到现在还坚持住在堪比高级宾馆的护理院里。真可谓不是一家人不进一家门。

浴室门开了,应该是沙也加洗完了澡。

"爸,你回来啦。"

沙也加身穿睡衣,一边擦头发一边走进起居室。

"嗯,回来了。"

丈夫一口喝完杯里的煎茶,站起来说:"我也去泡个澡吧。"

"对了,勇人还没回来吗?"

丈夫走到门边,回头问了一句。

"他说有聚会,要晚点回来。"

笃子也站了起来,把餐具拿到水槽里。

"什么聚会?"

"不知道。"说完,笃子拧开了水龙头。

"研讨会的?"

"不知道。"

"社团的,还是兼职店里的聚会?"

"都说了我不知道。"

她忍不住提高了音量。丈夫一直都很喜欢找笃子询问孩子们的事情。孩子小时候倒还好,现在勇人已经大四,沙也加都二十八岁了,当母亲的怎么可能还把握得了孩子们的一举一动。

"真不好意思啊,我怎么能啥事都问笃子大人呢。"

丈夫嘲讽地说完,大声关上了起居室房门,走向浴室。

笃子飞快地洗起了碗。因为在厨房用热水会影响浴室喷头的水压,她要趁丈夫脱好衣服前把碗洗掉。她心不在焉地想,如果是最新式的高级公寓,应该不会有这种烦恼。

"妈妈,真对不起。你肯定又因为我的婚礼跟爸爸吵架了吧。"沙也加在背后有气无力地说。

"没有,你别在意。"

这姑娘无论长到多大,都让人操心。

也不知沙也加究竟像了谁,她从小学开始就不擅长读书,成绩一直处在中下游。好不容易考上了偏差值①较低的女子大学,这口气还没松多久,结果直到临近毕业都没找到工作,最后只能登记到劳务派遣公司。这也就罢了,她每一份劳务派遣都拿不到延长合同,差的时候一个礼拜就被人解雇了。这也怪她自己不仅脑子不好使,而且情商也不够。连现在这软弱的性格,也是从小到大没改变过。

要是回到昭和时代,或许还有私人商店的店主或者老板娘愿意手把手将她打造成更有用的人。可惜现在,只剩下大企业还会注重员工教育了。其他企业无不追求能够立刻派上用场的人才,所以沙也加这种人很快就会遭到淘汰。就算有大学文凭,性格迟钝的人也找不到立足之地。

几经挫折之后,沙也加总算在上学时做过兼职

---

① 偏差值是指相对平均值的偏差数值,反映的是每个人在所有考生中的水准顺位。日本的大学在录取学生时,常常用全国高中毕业生统一考试的偏差值来评价学生的学习能力,并且作为录取的重要标准。

的文化屋杂货店安定下来。现在她的时薪涨到了九百三十日元，比高中时多了五十日元。这点微薄的零工薪水再扣去养老保险、健康保险和手机套餐费用，手头根本剩不下多少。考虑到这个情况，笃子没有让沙也加往家里交钱。

今天，笃子趁公司午休时间到便利店买了点东西。彼时，她又发出了近乎绝望的叹息。因为排在笃子前面的客人要求配送商品，那个年轻店员迅速算好了大小和重量，在电脑上敲了几下，然后从抽屉里拿出大号印章盖了上去。那一连串动作毫无犹豫，而且节奏感十足。她不禁想象，如果沙也加是店员会怎么样。沙也加肯定要花很长时间才能习惯工作。一旦被客人或是店长催促，她搞不好会脑子一片空白。这个社会越来越要求人们快速而正确地完成工作，所以像沙也加这样的人很难找到适合自己的工作。想到这里，她就感到胸闷。

不知从什么时候起，日本好像变得只适合聪明人生存了。

现在这个世界，连平凡安稳的生活都再也难以实现。

——反正我干什么都不行。

沙也加脸上不知不觉开始出现放弃人生的神情。

她究竟是为什么出那么一大笔学费让孩子上完大学？如果算上从小到大上的补习班和兴趣班，她究竟为教育投入了多少钱？现在意识到这一切都是白费力气，实在太空虚了。

——年轻可爱。

这种评价还能伴随沙也加多少年呢？

可能出于父母的偏爱，笃子觉得沙也加长得还算漂亮。她长得像丈夫。丈夫个子不高，腿也不长，最近还有点秃顶发胖，总之很难称得上英俊，但胜在皮肤白皙，眼神清澈。沙也加似乎继承了父母所有好看的地方。就像现在的很多年轻女孩一样，沙也加骨架小，身材纤细，站姿也很漂亮。虽说如此，跟外面那种五官深邃、宛如混血的美女相比，她可能还是有些平淡乏味了。

沙也加打零工的文化屋杂货店位于车站前的拱顶商店街，店铺由一对七十多岁和五十多岁的母女经营。平时客人都是女性，很少有结识年轻男性的机会，因此笃子很担心沙也加今后该怎么办。

虽然女儿直到高中都是男女同校，然而据笃子所知,沙也加好像从来没交过男朋友。可能她的个性太软弱,又缺乏自信,导致行为举止总是畏畏缩缩,表情又很阴郁,很难得到十几岁男生的关注。即使上了女子大学,沙也加似乎也过着与联谊会无缘的生活。现在她勉强还算二十几岁的年轻人,但是迟迟没什么跟异性有关的活动,让笃子渐渐产生了很不好的预感……搞不好眨眼间就要拖到四十岁了。他们两夫妻又不能照顾女儿一辈子,等两人都死了,沙也加怎么办?她越想就越消沉。

不过沙也加也有长处。她从小就表现出了顾家的性格,做的饭菜还算可以,洗衣打扫虽然费点时间,但是干净仔细。如果在昭和时代,人们可能会称赞她是乖巧贤惠的好女儿吧。笃子自己年轻时大学升学率很低,所以女人的脑子好坏比较不容易暴露出来。如此想来,她又有恍若隔世的感觉。

记得那是一个罕见的东京出现积雪的日子。

"我希望你们见一个人。"沙也加羞涩地开口道。

仔细一问,对方原来是她在英语会话课上认识的男性。而且,他们一家人压根不知道沙也加在上英语会话课。沙也加自己可能觉得再这么瞒下去不太好,心里十分纠结。

她该不会被心怀恶意的中年男性缠上了吧。

突然产生这个想法的人并不只是笃子。

"那人该不会比我还老吧？"

她想起丈夫苦涩的表情。

"如果是呢，章先生。你要反对吗？"

"这可能是老姐第一次且最后一次恋爱，最好不要一上来就反对。"连还在上大学的勇人都担心地说。

然而，那都是杞人忧天。

当他们得知对方比沙也加年龄还小，毕业于城南大学时，全家人都松了口气。不仅如此，男方父亲还在岐阜县经营许多家大超市，而且对方父母并没有反对儿子跟年长四岁的沙也加交往。那一刻，她从未如此真实地感受到"船到桥头自然直"的意义。

沙也加第一次带松平琢磨回家那天，笃子看见他并不英俊，又暗自松了口气。他不仅不英俊，还又瘦又小。说不定……不，不用猜测，这人的体重肯定不及笃子。琢磨可能太紧张了，全程都没怎么说话，所以很难看出他性格如何，但是从礼貌的问候和行为举止来看，这孩子好像性格挺认真。

他们与对方父母见面，正式定下两个孩子的婚事后，笃子总算彻底卸下了肩头的包袱。

"晚安。"

她对正在看电视的沙也加说了一声，然后走进卧室。

看着衣橱里的服装，笃子默默思索明天该穿什么。黑色长裤和灰色针织衫应该可以。她把衣服挂在衣架上看了看，平凡单调，毫无趣味。但是她不用担心"今天我的衣服会不会太夸张，会不会太没品，会不会被人说我装嫩"，因此可以集中精神工作。想到这里，她又从斗柜里拿出筒袜挂在衣架上，凑成了一套。

好，今天工作到此为止，只剩下睡觉了。

她不太擅长早起，所以早就养成了睡前尽可能做好准备的习惯。

笃子已经在银行旗下的信用公司干了十几年后勤工作，虽然是临时工身份，但工作日都要朝九晚五地上班，还经常要加班。

她躺在床上，脚下垫着棉被和盖毯，把身体摆成大字仰望天花板。每天只有这段睡前的短暂时光，她能沉浸在解脱感之中。

唉，好累啊。今天比平时还要累上好几倍。因为她一直以为今天是周五,不停告诉自己只要再坚持一天,明天就能休息了。谁知临近傍晚她才发现今天是周四,一直靠着那个念想支撑的精神顿时大受打击……这种事每年总会发生好几次。

不过话说回来,办个婚礼竟然要六百万。

就算两家分摊,那也是三百万。

然而,那个靠不住的女儿总算抓住了幸福,为她出这笔钱说不定也值得。要是因为钱的问题伤害了女儿跟婆家的感情,沙也加今后可能会一直痛苦下去。

要不,就咬咬牙答应吧?

要不,就认了这笔人生最后的大花销吧?

此时,她突然回忆起独自走在春日樱花树下的畅快。

——这下教育费都付完啦!

那是今年春天,她支付完勇人大四一年的学费,从银行回来的路上。总算结束了漫长的学费支付,完成育儿任务的成就感让她雀跃不已。为了尽情享受那种畅快心情,她还走进一家咖啡厅,享受了蛋糕套餐这种偶尔的奢侈。

那笔学费,难道不应该是这辈子最后的大花销吗?

明年，勇人大学毕业就会参加工作。因为他已经拿到了好几家大型企业的入职内定，并且早在大四之前就几乎拿完了所有学分，目前正在铆足力气做兼职。等毕业入职之后，他还会直接住进公司的单身宿舍。

今年秋天沙也加结婚，明年四月勇人入住员工宿舍。也就是说，到那时候，夫妻俩的小生活就要开始了。不仅是伙食费，想必连水电费都能节约不少。等到丈夫退休，就算拿不到一千万，至少也能有一笔退职金，在那之前，家里的住房贷款应该也能还完。既然现在政府都在倡导延迟退休，丈夫应该会留在公司。薪水肯定会比现役时代锐减，但总归会比零花钱多一些。

仔细想想，可能丈夫说的没错，钱真的不是什么问题。她本来就是爱操心的性格。

等两个孩子都独立了，不仅是金钱，连时间也会有空余。

——想要自己的时间。

——想一个人待着。

这好像是她一直甩不掉的念头。

孩子还小的时候，她哪怕只有一个小时的自由也能很开心。随着孩子的成长,这个愿望实现了,尽管如此,她还是感到自己被家人束缚着。年龄越大,她就越渴望自由,希望一天二十四小时全部属于自己。这可能是因为她在五十岁生日那天,突然意识到自己的人生已经剩余不多了。

每个人结束母亲的生涯,总算能够做回原本的自己时,必然已经老去。遗憾的是,人生本来就是如此。

可是,丈夫虽然能退休,自己却到死都逃脱不了家务劳动。过去三代同居乃是理所当然,所以儿子娶了媳妇,婆婆就能从家务劳动中解放出来,然而现在情况已经改变了。虽说如此,只要恢复夫妻两人的生活,家务劳动一定也会轻松不少。首先脏衣服的量会减少,而且家里人数变少了,房间的灰尘和污垢也会相应变少,打扫起来更轻松。再看一日三餐,只要营养充足,大可以简单应付。

等沙也加出嫁,她打算把女儿的房间征为己用。虽然女儿婚后必然也会不时回娘家看看,不过两家离得近,应该不需要过夜。

买下这座三房住宅时,她压根没想过有一天会只有他们夫妻俩住在这里。

她可以得到不被任何人打扰的立足之地。这是她结束单身以后就从未体验过的乐趣，因此她很期待。

笃子仰面躺着，闭上眼睛，脑中描绘出沙也加的十平米西式房间。不如换上多彩的几何图形壁纸吧，大胆的花纹也不错。

就算女儿想把毕业相册这些纪念品留在家里，她也希望东西不要超过一个纸箱。床可以保留下来。虽然她自己的床更高级，不过沙也加的床底下有抽屉，很方便。自己的床干脆扔掉算了。那样一来，丈夫可以独占这间宽敞的卧室，也可以随意改变家具，把它打造得更像一间书房。

她睁开眼，把手伸向床头，拿起了神田皋月借给她的《婚礼礼仪与常识》。皋月是她在花艺教室认识的朋友。

她保持仰躺的姿势翻开书本，里面飘出一张小纸条。那是超市收银条。可能是皋月用来充当书签的东西吧。最近的收银条不仅详细标明了商品名称，印刷还很清晰。

鲹鱼、萝卜、银带鲱、香菇、舞茸、生姜……

这与散发着昭和气息的皋月形象实在太相称，她忍不住笑了起来。

嗯？台湾香蕉？

这东西要五百八十日元啊。

她几乎把收银条瞪出了一个洞。

我们家一直都买两百日元左右的菲律宾香蕉，都不知几年没吃过台湾香蕉了。可是，那个酷爱省钱的皋月为什么会买台湾香蕉呢？

皋月这人平时压根不买没用的东西，连衣服都是万年不变的毛衣牛仔裤。根据季节变化，毛衣顶多会变成polo衫或是T恤，但除此之外一年到头基本不会有改变。更何况，她们俩已经认识了将近三十年，这点笃子绝对可以肯定。而且皋月从不去美发店，头发长了就自己剪剪。她还说，哪怕有点参差不齐，只要往脑后一扎就看不出来了。皋月孩子还小的时候，也是她自己给孩子剪头发。所谓节俭朴素，说的就是她这种人。

这上面的台湾香蕉应该是给谁探病时买的吧。皋月从来不会爱慕虚荣，很可能做这种事。因为到水果店买果篮的话，那个价格会吓死人。

想着想着，笃子不知不觉睡着了。

2

那天一大早就闷热不已。

公民馆①的一个房间里充斥着鲜艳的青色和紫色。

"紫阳花有五十多个品种哦。"

听到讲师银铃一般的声音,所有人同时抬起头来。

花艺教室的讲师已经七十多岁了,虽然脸上难免留下岁月的痕迹,却是这个年代少见的五官深邃的美人,一头丰满的白发也很衬托她的气质。而且,她举止优雅,只消看一眼就能猜到她是上流阶级出身。

"各位同学请不要惊讶。这边这种紫阳花名叫'城崎'。"

教室里顿时议论纷纷。因为讲师的名字就叫城崎绫乃。

---

① 日本的公民馆是一种公共文化设施,以社区居民为服务对象,组织各种文化和教育活动。

"这个紫阳花跟老师一样好看。"

不知是谁说了一句,许多人笑了起来。

"哎呀,刚才不应该笑吧。我觉得那位同学说得很对啊。"

城崎面不改色地说完,自己也咻咻笑了起来。

笃子和皋月笑着对视一眼。教室里不规定座位,但不知为何,她们每次都坐在同样的地方。这里是两人共用一张长桌,笃子今天也选择了最后排靠近门口的座位,神田皋月则坐在窗边。

她跟皋月第一次碰面,是在区政府主办的育婴教室。那年笃子二十五岁,皋月二十三岁。她们都是第一次生孩子,整日沉浸在慌乱和不安中,恨不得对别人大喊"帮帮我",因此都带着迫切的心情参加了那次教学。然而,前来演讲的男医生却从头到尾都对底下的母亲们采取居高临下的态度,讲课内容也都是育儿杂志上的常识。她从隔壁皋月的阴沉目光中读到了同样的屈辱,伤心顿时变成了愤怒。由于实在咽不下那口气,她主动邀请皋月带着宝宝走进了一家咖啡厅,顾不上彼此互不相识,尽情抒发了对同一个敌人的愤恨。

她就是在那时知道了皋月还在上插花课。那个课程每月举办一次，当天就是她唯一可以把孩子交给丈夫看管的自由日子。因为是公民馆主办的活动，除去成本只需缴纳一千日元的课程费，于是笃子动心了。

转眼间，彼此的头生子已经二十八岁了。因为孩子学区不一样，她们无法比较成绩，这或许就是两人能一直维持关系的原因之一。有了一定的距离感，她们交往起来也就少了几分压力。

这些年来，插花教室改名成了花艺教室，讲师也换了好几个。

从她俩认识开始，皋月夫妻就在经营一家面包店。每次她从教室带花回去，都会把花装饰在店里，偶尔还能因为这个跟客人聊上几句。可见，那些花多少帮到了他们店里的生意。再看笃子自己，她只能把花拿回去装饰门口和起居室，虽然没有实际利益，但欣赏花卉的习惯应该能给孩子的成长带来好影响。

大约两年前，花艺课的讲师换成了城崎，插花的种类也变了。课上越来越多从小熟悉的花卉——比如凤仙花、绒球大丽花、金盏花、浦岛南星、剑兰等等。这些跟她闻所未闻的稀罕花卉不一样，散发着浓浓的昭和气息，让人莫名怀旧。皋月店里的老年女性客人好像也更喜欢这些花。

这么多年来，她和皋月已经养成了习惯，每次上完花艺课，一定要到咖啡厅或甜品店坐坐。

"我要抹茶奶油白玉凉粉。"

虽然热量超标，不过每月吃一次应该没什么。要是在年轻时，摄取这点热量压根不会发胖，可是现在，但凡吃下去的东西都会变成赘肉，毫不浪费。她曾经很瞧不起发胖的中年人，等到自己上了年纪，才发现必须要比年轻时加倍严格要求自己，才能勉强保持体形。四十多岁时，她尝试了各种节食减肥方法，无一不是大败而归，现在已经快要放弃了。

"我跟平时一样，要素凉粉。"

让人羡慕的是，皋月不喜欢甜食。可能因为这样，她依旧保持着少女般的体形。

从认识那天起，皋月就一直对笃子使用敬语。可能因为她们年龄相差两岁，也可能因为笃子有大学文凭，皋月只有高中文凭。说不定还是因为沙也加的生日比皋月的长子早五个月。孩子一岁前的成长状态根据月龄不同会有很大差别，所以两人从相识那一刻起，就有着明显的前辈与后辈的差别。

"笃子姐,你今天这件外套真好看,在哪儿买的呀?"

"网上买的。"

"多少钱?"

皋月问这种问题时从来不会觉得尴尬。

笃子一开始还很惊讶,后来渐渐发现皋月丝毫没有打探她生活水平的意思。皋月之所以问这些,完全出于务实——作为掌管家计的家庭主妇,希望了解网店与附近商店的物价水平等信息。

"半价特惠八千日元。因为是纯棉的,质感特别好。皋月的 polo 衫也不错啊,这个蓝色特别适合你。优衣库的?"

笃子现在也能毫不客气地对皋月提出这些问题了。

"我不买优衣库了,价格太贵。"

"优衣库贵吗?"

"我最近一直都去岛村或者 LIFE,而且只买特价商品。"

皋月满不在乎地说。

"你是说开超市那个 LIFE 吗?"

"是啊。它一楼是卖食材的,二楼卖服装。"

"这我知道……原来你在那里买啊。跟皋月聊天真长知识。"

这并非讽刺,也不是轻蔑。她决定下次去逛超市时,也要到二楼看看。

"城崎老师今天的发型很棒啊。你说那会是假发吗?"

"有可能。我才五十多岁,最近头顶已经扁塌塌了,她七十多岁怎么可能还有这么多头发。"

"我看她不时换个发型,应该是有好几顶假发吧。我听说那东西如果是定做的,一顶要二三十万呢。"

"世界上就是存在这种贫富差距啊。我不可能变成那么美的七十岁老太太,因为没有钱。"

城崎到了那种年龄还在工作,绝不是为了维持生活。她只是单纯喜欢工作而已。无论是谁,只要看一眼她那雍容快乐的神态,都能猜测出来。

"好羡慕那种生活方式啊。有钱人家的太太身上都没有烟火气。"

"女人还是要靠脸啊。"

说完,笃子自己也觉得滑稽,忍不住笑了起来。这么大把年纪了,她说话怎么还像个初中女生一样呢。

然而皋月不苟言笑,一脸认真地说:"我奶奶经常说'女人靠天赏脸',就是得长成城崎老师那样的美女,才能被有钱人相中啊。"

"对啊,然后一辈子吃穿不愁。"

她们点的东西送上来了。

"对了,你们沙也加要在哪儿办婚礼啊?"

"男方家想在麻布寿园那边办……"

沙也加说,婚礼场地已经预约好了,而且男方一开始就咬定要在麻布寿园办,他们也就无从反对。

"就照你喜欢的办吧。毕竟是一辈子的大事,钱就别担心了。"丈夫对沙也加斩钉截铁地说。

笃子看着女儿高兴的表情,只能咽下了已经来到嗓子眼的话——这样我的养老资金就变少了。

两个年轻人的人生以这种形式开始,这样真的好吗?假如是他们自己出钱,会不会再三考虑,节省着用呢?刚提到婚事时,她以为凭沙也加的性格,应该会搞成自己亲手操办的不花钱的婚礼。同时她也决定,到时候可以咬咬牙包个大红包——比如一百万左右。她万万没想到,女儿从一开始就盯上了父母的钱包。

当然,她身为母亲,也想尽量为孩子多出一份力。

不过……感觉不一样。

同样是出一大笔钱,她认为应该用来买性能好的家电,或是攒起来用于将来买房子交首付。退一万步讲,就算结婚是一辈子的大事,想搞得奢侈一点,那也可以把钱用在蜜月旅行上,环游世界增长见闻。这难道不是更好的花钱方式吗?莫非她的想法已经过时了?

笃子无论如何都接受不了为区区几个小时的婚礼花六百万这种做法。所以,她也对丈夫提了意见……

"你那都是价值观上的不同,别把自己的想法强加给别人啊。"

丈夫一口回绝了。

"麻布寿园的院子那么大,还有那么好的自然风光,很难想象竟然坐落在都市中心啊。"

"皋月去过吗?"

"以前在电视上看到过。据说那里的建筑物很古老,是政府认证的物质文化遗产。我记得你说过,沙也加的对象家经营着连锁超市,是有钱人吧。"

"有钱的只是男方父母,新郎本人在商社工作,只是个普通的白领职员。"

话虽如此……既然新郎父母很有钱,又是为了做生意而大搞婚宴,那他们应该全额承担。

"笃子,你说那种话要被人家瞧不起的。"

"什么瞧不起啊。"

"人家会觉得沙也加家教不好。"

她回忆起与丈夫争吵的那天晚上。

"沙也加他们将来要继承家里的超市吧?"

"目前还没听他们提起过。"

她听说琢磨有个姐姐非常优秀,在美国读了大学,还自己开了一家网络销售公司,于是笃子与丈夫猜测,将来可能是她招个上门女婿继承家业。

"要是他们能继承家业,婚宴上多请些客人也对他们小夫妻有好处啊。"

"嗯,的确可以这么说。"

"笃子的老公作为新娘父亲,现在心情如何?他会不会不甘心可爱的女儿被娶走,硬撑着说不喜欢女婿?"

"那倒不会,他好像挺喜欢对方的。"

他喜欢的并非松平琢磨这个人,而可能是对方父母的资产,还有松平这个姓氏。琢磨为人稳重,细致有礼,但是反过来看,又是个连笑话都不会说的人。如果他的性格更大方开朗一些,该有多好啊。

"以后慢慢就会熟悉了。"

丈夫虽然这样说,可是无论见多少次面,琢磨的态度都不见松懈,直到现在都没露出过笑容。

"其实我们家知行也要结婚了。"皋月高兴地说。

皋月有三个孩子,知行跟沙也加同岁,是个消防员。小三岁的叶月是口腔卫生师,再小两岁的睦月是护士。

"恭喜。他一个男孩子,结婚有点早啊。莫非是奉子成婚?"

"很遗憾,并不是。不过知行的朋友很多都很早结婚了。"

"是吗,难怪。不过如果是我们这一代,那根本不算早了。知行君的对象是什么人?"

"是他高中同学。两个人没同过班,所以以前只知道彼此叫什么,长什么样而已。还是去年参加同窗会,两人才好上了。"

"知行君长得像皋月一样好看,肯定很受欢迎。"

可能因为家乡在奄美大岛,皋月长着圆脸大眼睛,很有南国风情。

"怎么会。他小时候还算可爱,长大之后那种长相就很难说了。"

"知行君的婚礼在哪里办?"笃子好奇地问道。

"他们俩一点都不跟父母商量。我老公说:'孩子爱怎么办就怎么办吧,你可别急着耍婆婆的威风,跑过去插嘴。'"

说完,皋月笑了起来,"太讨厌了,什么耍婆婆的威风啊。不过仔细想想,我也到那种年纪了呀。我们两夫妻准备跟其他宾客一样,只管当天到会场去露脸就好。这样虽然有点空虚,不过反正店里忙,倒也省了事。"

"那证明知行君靠得住啊。你们准备资助多少钱?"

这种平时很难开口的问题,对着皋月也就不难了。

"可能三十万吧。"

"真的?这么……"

——这么少真的好吗?

她及时咽下了后面的话,不过皋月似乎敏感地猜到了。

"我觉得这可是一大笔钱。"

皋月说完,吸溜了一口凉粉,"笃子姐打算出多少?"

"嗯,呃……"

"多少?"

"听说婚礼和婚宴就要六百万了,我得把新娘那部分钱包下来。"

皋月闻言,瞪大了黑溜溜的眼睛。

"六百万?你说真的吗?"

"果然很多啊。"

"其他地方还要花很多钱不是吗?蜜月旅行、新房、家电,这些怎么办?"

"那……"

那些也要父母出吗?

"再怎么说,父母也不该出这么多啊。你看对方这么能干,他们家又这么有钱,再加上沙也加住在父母家,自己也存了不少钱吧。"

皋月语速越来越快,似乎想安慰她。

"沙也加的存款一点都靠不住。"

上个月她直接问过沙也加,女儿当时就把存折拿给她看了。女儿用的衣服和包包都是好几年前买的,而且虽然年轻,却不怎么爱好穿衣打扮。然而她大学毕业后虽然在劳务派遣公司做了登记,没有工作的空窗期却很长,现在这份工作的时薪又很低,所以即使大学毕业已经六年,所有存款也只有一百八十万而已。

"知行君存了很多吗?"

"那当然了。那孩子可能从小就知道父母没钱,自己指望不上。而且他又是专科毕业,走上社会已经八年了。在此期间,他一直住在父母家,又对穿衣打扮没兴趣,连车子都是二手小型车,应该存了不少。"

"有多少啊?"

"至少也有一千五百万。"

"……好厉害。"

"是吗?如果按照工作满七年计算,一千五百万除以七,就是每年二百万。他每个月给家里五万,但是不用支付房租,饭也在家里吃……嗯?说不定更多呢。"

"既然如此,婚礼应该搞得隆重一点啊。"

她说出了自己的想法。正如丈夫所说,她也觉得在人生最重要的日子里,应该把之前攒的钱一口气用掉。

"他说对象想搞个简单的婚礼,所以可能就是包一间餐厅简单搞搞完事。"

"可是女方家长能同意吗?"

她发现自己不知不觉用上了谴责的语气,慌忙赔了个笑脸。

"是他们自己的女儿要简单搞,女方家长可能也没话说吧。而且我觉得啊,婚礼就该按照新娘的想法来弄。毕竟人家才是主角。"

"皋月一定是个好婆婆。"

"真的吗?"

皋月毫不掩饰高兴的表情。

她觉得,如果大家都在大喜的日子里花钱,那也没办法。可是也有人像知行君这样,明明有积蓄,却依旧选择简单婚礼。再看皋月,她身为家长似乎只准备资助三十万日元。

笃子盯着自己的凉粉陷入了沉思。

她的时薪只有一千五百日元。一辈子勤俭节约到现在,还要担心以后养老……一想到几百万日元瞬间就要打水漂,她就觉得特别浪费。可是已经晚了。沙也加的婚礼已经定在了麻布寿园。不过……说不定现在只是定了场地,还来得及变更内容?既然如此,那就得分秒必争了。

她感到内心深处涌出了无尽的焦虑。

3

前往九十九里的电车车厢内满是去海边玩的游客。

正值暑假,许多人还带着孩子。电车窗外的阳光太过炫目,笃子忍不住眯起了眼睛。

今天一早,丈夫的妹妹樱堂志志子告知了公公病危的消息。一年前,公公确诊癌症,当时已是晚期。

她与丈夫赶到九十九里浜的综合医院,公公戴着氧气面罩,已经神志不清。婆婆芳子和志志子可能都做好了心理准备,也可能因为病人已经九十多岁,算是享尽了天年,两个人都没有哭泣,而是安静地看着公公,不时凑到他耳边喊他一声。

志志子的丈夫名叫樱堂秀典,在九十九里浜的微生物研究所工作。笃子问过几次他在研究什么,每次都只能听到一连串闻所未闻的专业术语。那人属于典型的与世隔绝的理工男性格,丝毫不考虑为外行人做简化的说明。

医生领着护士走进病房,为公公颈部做了触诊,然后把听诊器对准胸口。

"应该是挺过来了,今晚大概没问题。"

说着,医生收起了听诊器。

如果换作平时,婆婆一定会深深行礼表示谢意,但她却坐在折叠椅上,连站都不想站起来。听说她昨晚一直在病房陪护,此时一脸疲惫,愣愣地看着虚空。

医生和护士离开后,志志子说:"今天暂时撤退,先到我家喝杯茶吧。"

她表情很严肃,看来是有事情要谈。

"我留在这里,不用担心。有情况再联系。"一个女性表亲主动说道,似乎事先商定好了。

"爸爸,回头见。"

志志子对不声不响的父亲打了声招呼,大家陆续离开了病房。

无论什么时候来,志志子家里都很干净。连门口都看不见灰尘。

他们被领到了和式客厅,但笃子很快就把头探进隔壁的厨房兼餐厅问了一句:"志志子小姐,需要我帮忙吗？"

只见里面已经摆着与人数相应的茶杯和点心，看来是早上提前准备的。

"那笃子小姐，你能帮我把玻璃容器拿出来吗？"

笃子把手伸向餐具柜里的玻璃大碗，志志子又说："不对不对，是小点心碟。对，就在那个边上，边缘是绿色的。"

笃子算是志志子的嫂子，但志志子年龄更大，所以她从来不管笃子叫"嫂子"，而是直接称呼"笃子小姐"。而在笃子看来，志志子虽然是小姑，但毕竟比她年长，性格又坚毅，所以她总是忍不住用敬语。

志志子从冰箱里拿出大梨，边洗边嘀咕："一共有五个人吧。"接着，她动作娴熟地削了皮，把梨分成五份，又分别切成三块，泡上了盐水。然后，她用大号不锈钢碗装了巨峰葡萄，用大量清水冲洗后，拿起厨房剪剪成均等的几份。一连串动作下来，没有多余行动，足见她头脑灵活。

"笃子小姐，帮我拿叉子好吗？就在那边的抽屉里。"

孩子还小时，笃子带他们到海边玩，回家时顺道来过这里。她本来只打算在门口问候几句就走,但是志志子坚持要留他们吃晚饭。那天,志志子做了荞麦面和天妇罗。笃子本来已经为她的灵巧和厨房的整洁感叹不已,再看到她在炸天妇罗时,早在切菜的阶段就已经定好了每人一块南瓜、一块香菇、半个青椒,绝不制造任何剩菜,就更是万分惊讶。再看她自己,往往是做一大盘,让家人自由取食,还天真地认为剩菜留到第二天吃就好。

——油炸的东西不能吃太多,让人心里想"好想再来一点"的分量才最好吃。要是真的不够,可以吃沙拉啊。

志志子时刻考虑着家人的健康。虽然她的性格和言行缺少一丝温柔,但笃子暗中十分钦佩她的聪慧。

他们在八叠①的和式房喝了茶,每个人的碟子里都有三块切成一口大小的梨子和大约五颗连枝的巨峰葡萄。这是所有人都能吃得下的分量。

"我想让哥哥和笃子小姐看看这个。"

志志子拿出一本笔记本,放在了桌上。笔记本表

---

① 日本典型房间的面积是用榻榻米的块数来计算的,一块称为一叠,约1.62平方米。

面沾着油污，与她堪称洁癖的性格显得格格不入，感觉已经用了很多年。

丈夫拿起本子翻开，笃子在旁边凑过去看，发现里面贴满了发票和收银条。

"我把爸爸的护理费用都记录下来了。我们家出了不少。"

说完，志志子撩起眼皮看了一眼兄长。她平时做事光明正大，很少会有这种眼神。

"是吗，那可辛苦你了。谢谢。"

丈夫耿直地对妹妹表示了感谢。

"可是……"笃子忍不住插了嘴。

谁知不仅是志志子，连樱堂都猛地看向了笃子。

"笃子小姐，你有话要说？"

志志子的语气虽然温和，表情却异常凶险。

"呃，我是说……"

虽然她被两个人的气场压制了，可这句话必须现在说出来。

笃子深吸一口气，用力吐出来。"我们家也出钱了。每月九万对我们家来说，是一笔不小的数额。"

以前，丈夫的父母在浅草经营一家名为"和栗堂"

的和式点心店。他们本打算让丈夫接手,可丈夫想都没想就进了公司当白领职员。后来好像还提过让妹妹志志子招婿继承家里的铺子,然而志志子也跟在工作上认识的研究员樱堂结婚了。虽然后继无人,公公还是继续经营店铺,一直干到七十岁,才把那家明治时代持续至今的老店关了。

后来,老夫妻不时到志志子家里坐坐,渐渐喜欢上了那里的温暖气候,便双双从浅草搬到九十九里。他们把浅草的房子卖掉,在离志志子夫妻五户远的地皮上盖了一座和式平房。由于是个体户,两人每月的养老金并不多,好在浅草那块地卖了两亿,算是一笔不小的收入。夫妻俩乘坐豪华游轮满世界玩了一圈,从那以后一直享受着旅行与美食的奢侈生活。

可是几年后,公公罹患肺气肿需要卧床休息,因此腰腿变弱。原本就有高血压的婆婆又得了轻微脑梗。从那以后,夫妻俩就双双住进了九十九里的护理院,好不容易盖起来的房子没住几年就空下来了。志志子经常去给房子通风换气,所以建筑物本身基本上保存完好。

笃子去护理院看望过几次,那里的大厅全是大理石铺就,俨然气派的外国度假酒店。松软的地毯几乎能把脚埋住,高档大气的真皮沙发都摆了好几套,门口的台子上还有大花瓶,时刻装饰着应季鲜花。挑高的天花板涌入大量自然光,通往电梯厅的走道墙上装饰着绘画,还像美术馆一样安上了柔和的聚光灯。护理院里有图书室、健身房、集会室甚至游戏室,一流厨师运营的餐厅宽敞又豪华,服务生也都是干净俊朗的男青年。不仅如此,楼顶还被布置成了酒廊,摆着一台三角钢琴。

她听说,那里光是一次性缴纳的入住费就高达两千万。里面不仅有管家,还有常驻的护理师和理疗师,旁边就是大型连锁综合医院,每人每月费用二十二万,若是夫妻同住,则稍有优惠,两人合计三十八万。而且,伙食费和水电费还要另算。

"老爸老妈辛苦了一辈子,一年三百六十五天几乎没时间休息,天天从早干到晚。最后这几年就让他们奢侈一点吧。"

她记得丈夫当时常把这句话挂在嘴边。大家都希望老人能够在设备齐全的地方安心度过余生。而且当时公公已经瘦成了皮包骨,婆婆只剩下微笑的力气,给人感觉活不了几年了。

但是,就这么过了十七年。

没想到二老都这么长寿……这句话谁也不说,但肯定都想过。

一年前公公确诊癌症住院时,卖掉浅草土地得到的两亿日元早已见了底。他们寻思老人可能出不了院,就把公公那份护理院费用解约了,让婆婆转到单人房。现在,婆婆一个人的每月护理费用是二十二万,加上八万生活费,合计三十万日元。

两位老人的养老金每月大约六万,合计十二万,笃子夫妇和志志子夫妇再各出九万,一共就三十万。公公没有做延命治疗,商业医疗保险和外资的癌症保险都能申请赔付,所以住院治疗的费用勉强能支付。再加上超高龄人员的自付医疗费用比例本来就不高,虽然有很多人不满国家对老人优惠政策多,但是对他们这些晚辈而言,无需照顾父母的确省了不少事。

"咱们家也出了九万,再说这又不是只管出钱就好的事情。"

笃子吃了一惊。她没想到樱堂竟然会说话。

丈夫可能也吃了一惊,因为他正张大嘴注视着樱堂。

她还以为理工男对家计问题毫无兴趣。笃子每次见到樱堂,他都穿着白衬衫和灰长裤。要么是他衣服少,要么是只买一样的衣服。他这人体型高挑,五官深邃,要是穿点时髦的衣服肯定很好看,不过他对这方面似乎完全不感兴趣。休息日,他只会到海边散步或是看书,有时会去美国出差,但好像鲜少踏足那边市中心的百货公司。

"就是。我猜啊,照顾那个顽固老爸肯定很辛苦。"

丈夫竟然跟妹妹妹夫站在了同一战线。

"我为了照顾爸爸,连工作都做不了。"

笃子怀疑自己耳朵出问题了。志志子结婚后一直是家庭主妇,她甚至从未听过她在找工作或者想工作的话。听说樱堂的年收入有一千五百多万,两个儿子都很有出息,而且已经独立了,长子在东京市中心工作,次子定居在慕尼黑。

究竟哪里辛苦了?

公公的确一年到头摆着张苦瓜脸,不仅是笃子,大家都拿他没辙。可是他被诊断出肺气肿时,分明是志志子飞快地签了护理院,把老两口扔了进去。婆婆的脑梗本来就很轻微,复健效果又好,现在已经可以正常生活了。志志子压根没有护理过她。

笃子看了一眼端坐在末席的婆婆，她倒是安安静静地喝着茶，一直没说话，也不知听见没有。莫非一段时间没见，她开始耳背了？婆婆虽然跟公公一样皮包骨头，但依旧是个皮肤白皙的小脸美人，很容易就能想象她以前当"和栗堂"门面人物的风光。公公原本是在店里工作的和式点心师，后来被店主相中，招了他当女婿，继承了店铺。

"我们家比哥哥家负担更多。"

"不是每月九万吗，跟我们一样啊。"

"不止这些。医院和护理院的人都知道我们住得近，那至少每周要去露一次脸吧。每次又不能空着手去，总要给医生带点谢礼，给护士带点好吃的，可麻烦了。哥，你是男人，肯定想象不到这些细节，也不怪你。"

说完，她转头盯着笃子。

——但你这个女人其实心里清楚得很吧？

志志子似乎想这样说。

——那就拿出证据来啊。

笃子也很想这样说。既然她能在本子里贴满发票，那为何不做一份简单的收支报告呢？志志子这么聪明仔细，干这种事肯定信手拈来。现在她只能大致听个收入和支出的数额，心里一直不舒服。毕竟她过着一百日元都要斤斤计较的节约生活，却要每个月拿出九万日元，还得不到这笔钱的消费明细，这直接给她造成了精神上的压力。

"本来有两亿，怎么一下就花完了？"

丈夫可能只是漫不经心地发出了简单的疑问，实际并没有恶意。

然而，樱堂却不这么想。"你这话怎么好像是说我们在骗人一样？"

"啊，不是那个意思。"

丈夫慌忙解释，还抬起手用力摇摆，"我只是说，老爸他们一开始应该也想要精打细算地生活。你瞧，他们搬到九十九里后，不是还很积极地种菜嘛。"

他们的确在附近租了一块地，只是什么菜都种不好，过了两年才勉强能有点收获，还给笃子他们寄过几次土豆和洋葱。

"哥你真是的，在超市买菜也花不了几个钱啊。笃子小姐，你买菜花多少钱？"

"这个……"

她在超市通常鱼肉、面包、奶酪和蔬菜都一起买。要是买整个的白菜或包菜,可以吃很长时间,不过番茄倒是一整年都很贵……

"每周可能花个一千到一千五百日元吧。"

"对吧?一个月顶多就五千,那一年就是六万。要是把肥料、菜苗和租地的费用考虑进去,别说节约了,连保本都难。"

"那倒是。"丈夫很快就被说服了。

"哥,外行人种菜压根不是为了省钱。那是奢侈的爱好。"

说到底,志志子到底想表达什么?她光这样发泄情绪,真让人不知作何反应。

"那个……意思是每月九万不够,对吗?"笃子小心翼翼地问了一句。她当然不愿意多出,但已经懒得猜测对方会多要一万还是五万了。既然如此,干脆把话说清楚得了。

"给家里的钱按照以前的数额就好,但我有件事要请哥哥答应。"

志志子突然坐直了身子。

"如果父亲去世了,请哥哥负责葬礼。"

"怎么,就这事啊?没问题。"丈夫随口就答应了,"毕竟我是长子,葬礼是应该由我主持。"

婆婆一看就不怎么靠得住,也难怪丈夫认定她主持不了葬礼。

"既然哥哥这么说,我就放心了。爸妈在浅草做了这么多年生意,如果葬礼不在那一带搞,可能谁也不会来。让老人家专程赶到九十九里实在太远了。"

"有道理。"

兄妹两人越聊越起劲,似乎都不打算跟婆婆商量。

笃子感觉,这两人一直都不怎么喜欢自己的母亲。丈夫别说恋母,连一点亲近感都没有。听说他们母亲以前忙着做生意,把家务和子女教育都交给了孩子的奶奶和帮工。既然她生完孩子还能坚持在店里操持生意,可见本来也不是多么担心孩子的人。

"还有啊,哥哥,麻烦你们家把葬礼费用也一并承担了。"

"这……"

这回连丈夫都面带犹豫了。

"应该花不了几个钱。虽然吊唁的奠仪不能抵消全部费用,不过浅草那边毕竟都是熟人,肯定都会给不少吧?"

"嗯,那倒是。"

一般来说,葬礼要花多少钱呢?笃子的父母还健在,亲人又没办过葬礼,所以她不太了解。

"妈妈,葬礼就用凤友典礼没问题吧?"

志志子一问,坐在房间角落的婆婆就点了点头。"我们家每代人都找他们,那边一定会好好安排。"

"知道了,那我联系他们。"

丈夫说完,喝了一口冰镇麦茶,又继续道:"老爸的财产只剩下九十九里的平房了吧?"

"那东西值不了几个钱。"樱堂突然开口道。

"是吗?我看那块地挺大,环境又好。"

"哥哥,你太天真了。这里离车站很远,让一对老夫妻养老还差不多,因为家庭结构简单。我听不动产的人说啊,那房子现在顶多值五百万。"

她啥时候连不动产的行情都打听好了?难道想独占卖房子的钱?

"房子就留着吧,"丈夫一脸轻松地说,"反正我没几年也要退休了,偶尔到海边住住也挺好。到时候有了孙辈,还能带他们过来玩儿。"

"章先生,你又说这种脱离现实的话了。"

笃子不小心脱口而出。她应该管好自己,毕竟媳妇不该干涉公婆的财产问题。而且她好像在哪儿看到过,兄弟姐妹因为财产继承发生争执,就是因为配偶在一旁插嘴。

"笃子,我怎么脱离现实了?"

"因为房子维护要钱啊,还要交固定资产税。如果你想心情好了就过来住住,那还得一直续着水电,这些都是要交保底费的。这么算下来,还不如住酒店划算。"

"等一下,哥你怎么单凭一张嘴就把那房子当成了自己养老的地方?那可是我和哥哥的共同财产,不是你一个人的东西。"志志子严厉地说。

"那志志子也一起用啊。"

"用来干啥,那房子跟这里只隔了五户。"

"倒也是。"

听这兄妹俩的对话,俨然公婆两人都已经死了。明明婆婆就坐在房间角落,他们这样说真的好吗?

婆婆变了好多。笃子刚结婚那时,无论何时见她,她都穿着和服,套着雪白的和式围裙,头发高高盘起。当时她才五十多岁,凛然的风范中透着一股女人味,是个人到中年都没有一丝赘肉的美人。她每天站在"和栗堂"门口接待客人,管教店员,虽是女人,却当上了商店主会的副会长。所谓八面玲珑,说的肯定就是婆婆这种人。

可是现在,她似乎失去了生存的气力。看来无微不至的护理院也不是那么的好,她这样子就像待得太舒服,连一点压力都没有,因此丧失了感情的起伏。听说每次丈夫去看望婆婆,她都孤零零地坐在房间里看着窗外。而且她已经在里面住了十七年,到现在都没有关系亲密的朋友。跟谁都没话说的日常,想必非常痛苦。

"那个……"

虽然当着婆婆的面很难开口,可现在不说,将来肯定后悔。于是,笃子开口了。

"就算卖不了几个钱,还是把房子卖了,抵掉葬礼的花费吧?"

那肯定是,太有道理了。她本以为大家都会这么说,但不知为何,只收获了冷冷的视线。不仅是志志子夫妇，连丈夫也这样。

"爸爸还没死呢。"志志子冷冷地说。

"啊？"

那又如何？不是你先提起葬礼话题的吗？难道亲女儿能说，没有血缘关系的儿媳就不能说？

老实说，笃子早就想让他们和那个费钱的护理院解约了。然后婆婆可以住在原来的房子里，仅隔五户的志志子不时过去关心一下。当然，只要有必要，还可以请护工或是单日护理服务。这种方法应该最经济实惠。两家人的距离正可谓端碗汤过去都不会冷，又是亲母女，总比婆媳关系更好相处。

当整整两亿日元存款见底，眼看就要变成赤字的时候，她就希望他们这样做。不，进一步讲，笃子希望他们一开始就不要去坐什么豪华游轮，而是过有计划的节俭生活。

她认识的人里，没有一个会给家里打钱。大家都说自己父母比他们有钱多了。不仅如此，在地价高昂的东京，还有很多老年人去世时给子女留下了价值数亿日元的市中心地产。

再不客气一点，志志子夫妻把婆婆接过来住最划算了。他们两个儿子都已经独立,房间就这么空着。话虽如此,志志子平时就对母亲态度冷淡,很难想象她愿意把母亲接过来住。再说,他们本来就不缺钱,每月出九万肯定不痛不痒。

"如果不卖房子,那可以平摊葬礼费用吗?"她顶着一屋子冷漠的视线,咬牙说道。

"喂,笃子,都说了葬礼费用我来出。我是长子啊。"

"章先生,那么多钱……"

我们上哪去搞?她把后半句话咽了回去。因为丈夫爱慕虚荣,极度讨厌在妹妹妹夫面前丢脸。

她本以为沙也加的婚礼将是人生最后一笔大消费……照这样下去,他们俩老可怎么办啊。

"你说什么呢?!"志志子突然大喊一声。

笃子惊讶地看过去,发现她目光凶狠地瞪着自己。"笃子小姐可能不知道,从小啊,家里就只疼哥哥一个人。"

她说啥呢?突如其来的火药味让丈夫也无言以对。

"因为哥哥是店里的继承人,爸妈对他可好了。无论什么时候,他们都只给哥哥买想要的东西。"

志志子眼里含着泪。除了坚毅，笃子从未见她有过别的态度，更别说这个样子了。

"偶尔吃顿牛排，哥哥那份也比我的大。"

这种孩子气的抱怨让她险些笑了出来。

这种时候不能笑。笃子慌忙低下头，用手帕挡着嘴巴，用力按了下去。

"但是哥哥没有继承和栗堂。哥哥结婚买房的时候，爸妈给他出了一千万首付，而我们两夫妻却一毛钱都没得到。"

"那是……"一直沉默的婆婆插嘴道，"因为当时樱堂先生的工资就有章的两倍了，不是吗？而且跟章的地方比起来，这一带的土地便宜很多。"

"妈，你够了。这跟谁有多少工资有关系吗？为人父母不是应该一碗水端平吗？"

樱堂递给她一盒纸巾，志志子用力擤了鼻涕。

"妈。"樱堂严肃地说，"志志子心里一直卡着这个疙瘩。跟哥哥相比，自己一点都不受疼爱。这种感受无论到了多少岁都很痛苦。"

婆婆没有回答，而是捧着茶杯低下了头。

"总之，老爸的葬礼就交给我吧。"说着，丈夫撑起身子,"我们该走了。"

你就这样被他们绕进去了啊。

还有,房子到底要怎么办?放着不管吗?

笃子很想问,可是身为媳妇,她又不敢再多开口。而且她还是头一次听说买房子的时候,公婆只给他们两夫妻出了钱,完全没有帮助志志子他们。现在想来,她甚至觉得志志子说的很有道理,所以脑子一片混乱。

不过回到现实,他们家的养老很成问题,而志志子家就很富裕。他们餐具柜里的咖啡杯都是高档货,她本人脖子上挂的心形项链还是伯爵牌的。笃子在图书馆借的杂志上看到过那种项链,中间镶嵌的钻石应该要六十万日元。因为实在太漂亮了,她过去巴尔可的首饰店买过两千九百八十日元的仿款。

她越想越不舒服。就这么把葬礼接手真的好吗?她心里充满了不安。

于是她说:"这个笔记本能借我看一段时间吗?"

"你把那东西带回去干什么?"志志子换上了逼问的语气,而且目光凌厉。

——志志子小姐,我们家经济不宽裕,所以想精算一下,看是否真的需要每月出九万日元。

要是能坦白说出来,该有多轻松啊。

"我想当作以后的参考。"

"参考什么?"

"嗯……各种参考。"

"各种参考是什么啊,莫名其妙。总之你不能带回去。我现在每天还在用呢。"

说完,志志子飞快地伸手过来,抢走了笔记本。

4

笃子买完菜回家,发现沙也加和勇人坐在起居室里。

"姐,听说你们定在了麻布寿园,好厉害啊。"勇人躺在沙发上,对沙也加说。

"有啥厉害的。"

沙也加坐在餐椅上看书。几年前,她刚对看书产生了兴趣,不过现在她最爱看的还只是面向初高中生的外国推理。

"沙也加,你们不能简单办吗?"

笃子忍不住问了出来。她很想发泄心里的郁闷,哪怕一次也好。而且前些天听皋月说知行君要简单办婚礼的事情,一直在她脑中萦绕不散。

"妈妈,莫非你没钱吗?"

沙也加反问的表情跟她小时候马上就要流泪的脸重叠在了一起。

"真是的,钱当然有了。不过在起点上就这么奢侈,我觉得对你们两个年轻人不好啊。"

如果用自己赚的钱也就算了,用父母的钱……这句话她咽了回去。

不知从何时起,她就很可怜女儿。可能是小学高年级的时候吧。她和丈夫两人至少在小学初中阶段都很活泼,成绩也很好。正因为如此,她就更担心沙也加了。

"对了,沙也加,能把婚礼的报价单给妈看看吗?"

她换了种说法,心里也想仔细琢磨费用明细,看有没有可以省略,或是可以压价的项目。

"明细单在琢磨先生那里,因为我不擅长应付数字。"

"啊?"

——你说什么胡话呢?怎么不为牺牲养老资金的父母想想呢?你怎么就不想着多节约一点呢!

她差点大喊起来,所以干脆转过身走进厨房,一边深呼吸一边给自己冲咖啡。

"姐,全加起来要多少钱啊?"吧台厨房外面传来了勇人漫不经心的提问。

"差不多五六百万吧。"

见沙也加完全像在讨论别人的事情,她本来极力压抑的怒火几乎要爆发了。

差不多是什么意思?

如果能说出全额共计五百七十四万三千八百九十二日元,倒也罢了。

"什么?五六百万?要那么多?这钱谁出啊?"

她很感谢儿子开门见山的疑问,并且希望女儿借此机会重新考虑。

"可能两家对半吧。"

"姐,你有那么多存款吗?"

干得漂亮。很好,勇人,说得太好了。

"怎么可能。爸说他会出。"

"哦,老爸也够拼的。那琢磨哥是自己出吗?"

"不知道呢,不太清楚。"

"是琢磨哥那边想搞豪华点吧?如果为了照顾父母的生意而办豪华婚礼,那应该他们多出一点啊。姐你平时打零工赚得又不多。"

"那怎么行?"

说着,沙也加看了一眼从厨房走出来的母亲。

笃子假装没注意到她的目光，捧着马克杯坐在了沙也加的斜对面。

"这太奇怪了。"勇人疑惑地说。

勇人，你太棒了。她抬头看着勇人，鼓励他往下说。

"反正我想不通。你们马上就要一辈子一起生活了，让赚钱少的人出这么多钱，难道不奇怪吗？难道姐你自己想搞豪华婚礼？那我倒是无话可说……"

"怎么会，我连婚宴都不想搞。去照相馆拍张照片就足够了。"

果然如此。

沙也加从小就不爱出风头。学校搞表演活动，她就属于那种只想躲在别人背后的类型。就算结婚是一辈子的大事，她也不会想沉浸在当公主的心情中。或许，她只是考虑到松平家的感受，说不出自己的要求。如果只是琢磨自己想这样也就算了，既然是男方父母为了做生意而搞这场豪华婚礼，性子懦弱的沙也加肯定无法抵抗。

"姐，你对琢磨哥说过自己的想法吗？"

"啊？嗯，算是……说过吧。"

沙也加越说越没声了。

"琢磨哥怎么说？"

"琢磨先生啥也没说，不过他妈妈说结婚不光是两个人的问题。"

"我可不这么想。结婚不就是两个人的问题吗？"

"勇人你还小。"

你还好意思在弟弟面前装大人。在笃子看来，勇人比她可靠多了。他从小就很有想法，不会随波逐流。

此时，笃子突然想起沙也加初中刚入学那段时间。

当时有个女老师很喜欢在写板书的时候仔细叮嘱："这里很重要，你们要用红笔记起来。"每次沙也加旁边的女生都会伸手过来借红笔，而沙也加一直无法拒绝。因为女生一直不还笔，沙也加总是等着等着就忘了到底哪里该用红笔记起来。直到第一学期结束了，她才对笃子说出这件事情。笃子很无奈，觉得她怎么跟小学生一样。自己怎么就教出了这么没有自信的孩子？沙也加为何不能维护自己理所当然的权利？

"你下次告诉旁边的女生，不要忘了自己带红笔。"

"我说不出来。"

"那就拒绝她，别借了。"

"不行啦。"

"沙也加，你要坚强一点，不愿意就说不愿意！"

那次责备仿佛就发生在昨日。不知沙也加后来究竟有没有成长，就算是自己的亲女儿，她也看不出对方的内心如何。

那次沙也加按照母亲的吩咐，拒绝借红笔给那个女生，结果对方突然生气了，还说沙也加是"一点善意都没有的人"。

每次出点什么事，笃子都会按照自己的想法给出建议。直到很久以后，她才发现这样做不对。因为沙也加一点都不像她。而且，她一开始压根不会被同年级的女生那样瞧不起。

老实说，她也不知道如何养育一个跟自己性格和能力都截然不同的女孩子。与之相比，勇人连青春期都开朗活泼，不仅成绩好，还在初高中都担任篮球部的队长。所以，她几乎从来没为勇人操心过。

"我说姐啊，琢磨哥这个人……"勇人说到这里，关掉电视机，撑起瘫在沙发上的身子，凝视着姐姐继续道，"他人好吗？"

这个问题实在太直白了。

"你说什么呢，他人当然好啊。别问这么奇怪的问题。"

沙也加虽然表现出了气愤,但她软弱的侧脸却让笃子心里很不舒服。

"沙也加,就算现在已经定下了在麻布寿园办婚礼,不如我们把内容搞得更简单一点吧?比如减少补妆的次数,把宾客礼品换成便宜点的东西,再把饭菜的档次降低一些。"

"可是……琢磨先生跟他妈妈跑了好几次会场,都已经商量好了,现在再改……"

由于琢磨的母亲什么都要管,笃子早就决定直到婚礼当天才去会场。因为她担心万一自己跟琢磨的母亲闹了矛盾,今后沙也加恐怕要被嫌弃,吃不少苦。

"笃子小姐,这方面再怎么节约也有限啊。"

勇人从初中开始就管她叫"笃子小姐"了。因为进入思春期,他不好意思还像以前那样喊"妈咪"了,可是喊"妈妈"又有点像演电视剧,同样不好意思,若是喊"老妈",就成了昭和时代的电影风格,于是再三犹豫,最后就喊成了"笃子小姐"。

"笃子小姐,在麻布寿园办婚礼本身就够贵了。"

"话是这么说,可是勇人,现在哪怕能省一点也……"

"笃子小姐,你先听我说啊。假设婚礼邀请一百个人,就算你能把饭菜价格降低两千,那也只能省二十万。说白了,你就是想把大头压下来对不对?"

勇人说的没错。如果可以的话,她想把六百万尽量缩减到三百万以下。

"妈妈,真的吗?你真的这么想降低价格吗?"

沙也加不安地看着她。

"倒也不是,毕竟那是大喜的日子,太小气了也不行。"

她不由自主地说出了违心的话。

勇人疑惑地看了她一眼,随即重新转向了电视机。这孩子从小就心思敏锐,说不定早就看透了母亲的心情和财力。

"啊,到时间了,我得走了。"

沙也加跟很久不见的高中朋友约好了一起吃饭。

等到她摇曳的连衣裙摆消失在门外,勇人站了起来。

"笃子小姐。"

他喊了一声,却不看笃子,而是直接走进厨房,翻起了冰箱。

"我总觉得琢磨哥不太行。"他头也不回地说。

直觉敏锐的儿子这么一说,笃子心里突然充满了不安。

"不太行是什么意思?"

"我觉得他不像好人。"

勇人只在家人聚餐的时候见过一次松平琢磨。

笃子很想打消心中的不安,于是说:"光看外表怎么可能看出一个人怎么样呢?有的人表面冷淡,其实很善良,有的人表面笑呵呵,但不一定是好人啊。"

"我已经不是小学生了,这种事不用说我也懂。"勇人回过头,皱着眉说,"话说回来,我姐啥时候开始说一定要找个有钱人结婚了?"

"大四的时候吧。可能当时一直找不到工作,她心里很没安全感。"

"对吧。可是现在这个时代还依靠男人的经济实力生活,你不觉得很奇怪吗?我反正觉得风险太高了。啊,我可以吃这个吗?"

勇人露出了笑容,原来是在冷冻柜找到了冰淇淋。

"再说了,琢磨哥工作的那个山冈贸易公司都不算中坚企业,顶多算小微企业。我打工的地方有个前辈进了那家公司,还感叹工资太少,一辈子都结不起婚。"

"啊,真的吗?"

她听说琢磨是城南大学毕业,一开始还以为他工作的公司肯定还不错。

"不过琢磨的父亲生意做得很大呀。"

"那又如何?"

"他一定会支援儿子儿媳吧。"

"他可能会出钱办婚礼和买新房,可是然后呢?每个月给当白领的儿子发生活费?有钱人都这样吗?反正我这个平民想象不出来。"

"你这么一说……那倒也是。"

越跟勇人往下聊,她就越担心。

"还是说他们已经拿到了岐阜县那些超市的股份,能领分红?"

"哦,原来如此,可能有哦。"

她稍微放心了一些。

"你不觉得这种事要问清楚吗?"

"沙也加都二十八了,父母不应该插嘴。我结婚的时候都是自己决定所有事情。应该不用担心吧?"

她太想让自己放心，便笑着看向儿子征求同意。然而勇人只顾着跟冻硬的冰淇淋殊死搏斗，冷冷地瞥了她一眼。"不对吧？笃子小姐从小就很独立，是不是？老家的外婆都是这么说的。但我姐可不一样。"

"哪里不一样了？"

"无论长到多少岁，她都不是很独立。"

所以呢？

要我怎么办？

我到底要照顾孩子到什么时候？

我都已经供她上完了大学，接下来希望她能靠自己坚强生存下去。她真的很想就这么甩手不管。

然而……那是强者的思考方式。

养育沙也加的过程中，笃子已经深刻意识到了这点。如果沙也加是像勇人那样聪明伶俐的孩子，可能会始终只看到社会的光明面，不理解弱者的处境，应该会认为那些身体健康却找不到工作，陷入穷困底层的人只是因为自己不够努力，大言不惭地宣称他们是自作自受。

"那你觉得什么样的人适合沙也加？"

尽管婚事已经定下来了，但她还是想问。

"不知道。不过,如果对方是跟老姐一样软弱的人,那我就要担心了。"

"对吧?所以还是琢磨那样虽然有点冷淡,但足够坚强的男人才让人放心。"

"但是老姐比他大四岁吧?他们俩的力量关系我实在搞不懂。"

"男女关系跟年龄无关吧。"

"有可能……那你又怎么知道琢磨哥是性格强悍的人?"

"看感觉啊。因为他不怎么说话,我觉得应该是那种'男人就该默默干活'的类型。"

"他父亲话很多,但是工作能力也很强。你看,我的话也很多,不是吗?"

被儿子这么一说,她还真拿不出什么证据证明琢磨坚强可靠。这可能只是她一厢情愿的理想而已。

"可我还是觉得他们俩很般配。"

沙也加虽然不是跟在男人后面低眉顺眼的类型。可她身为母亲,还是知道女儿不像自己。

她现在五十多岁了,早已认为丈夫只要在外面好好赚钱,性格再温柔一点,就可以谢天谢地。她年轻时从未欣赏过拽着女人向上走的男人,也从未与那种人交往过。更何况,那种男人压根就不会跟她这种独立的女人来往。不过考虑到笃子父母那一代,夫妻之间的上下关系十分常见,她认为沙也加应该能跟丈夫相处得挺好。

"这冰淇淋好硬,勺子都戳不进去。可以用微波炉加热一下吧?"

勇人不等笃子回话,就打开了微波炉门。

5

办公桌上的内线电话响了。

"你好,这里是财务部。"

"你好,我是人事科的铃木。请问后藤笃子女士在吗?"

"哦,我就是。"

"不好意思,能麻烦你到人事科来一下吗?"

"知道了。"

人事给她打电话,真是太少见了。

有啥事呢?难道要给她转正?

今年春天,公司与另外两家公司合并,改变了名称,而且内部气氛也差了不少。以前坐在笃子两边的优秀员工都被调到了外地,继任者是一对四十多岁、既没有常识也没有干劲的正式职员。女职员爱好旅游,一大早刚到公司就开始浏览旅行社网站。男职员则不厌其烦地盯着桃色幸运草Z[①]的视频看。只要不被上司看到，他们就为所欲为。

与之相比，自己今天一上午就完成了他们一整个礼拜的工作量。因为这两个人，笃子变得特别忙碌。然而，她的工资却比两个人低了不少。以前时薪是九百五十日元，现在涨到一千元，她还高兴了一段时间，后来渐渐觉得毫无意义，现在则已经出离愤怒，有时还会对正式职员心怀憎恨。

去人事科的路上，笃子进了趟洗手间，整理好发型，还补了一点口红。

"我是财务部的后藤笃子。"

她走进房间，对坐在前面的人事科女员工说了一声，接着看见里面的铃木科长站了起来。

"后藤女士，麻烦你专程跑一趟真不好意思。来，这边请。"

说着，他指向另一个房间的门。

铃木是个时常把笑容挂在脸上的男性，年龄大约

[①] 成立于2008年的日本女子偶像组合。

四十岁,为人处世圆滑,给人很有教养的印象。虽然西装和领带都很朴素,不过仔细一看都很有档次。

"你是后藤笃子女士对吧……"

说着,铃木翻开了资料。

——后藤笃子女士,财务部没了你无法运转,你愿意下个月开始转正吗?

只要有这一句话,她的工资就能涨好几倍。这简直像做梦一样。不,考虑到她的工作表现,这是理所当然的待遇,甚至来得有点晚了。笃子满怀期待地盯着铃木的嘴。

"一开始你是直接聘用的小时工,对吧?公司合并后改成了半年更新的雇佣合同,这你清楚吧?"

"是的,我知道。"

"所以呢……到这个月底正好半年,合同期结束。"

难道只是单纯的更新吗?那时薪还是跟以前一样。

"公司决定到月底结束合同。"

"啊?那是什么意思?"

"就是不更新。"

"嗯?"

她搞不懂了。

"就是说——"他顿了顿，躲开了笃子的目光，"到这个月底为止。"

"难道要炒了我吗？"

"嗯，可以这么说。"

"怎么可以……我工作一直都很努力啊。"

"你说的没错，我也非常遗憾。财务科长也称赞你工作勤奋认真。可是，这片地区的事务所要撤销了，这是裁撤的一环。"

"我可以到远一点的地方上班，无所谓。"

"那也不行。虽说是公司合并，但地位并不平等。连我自己都不知道今后会怎么样。"

他的表情严肃得有点刻意。

"事情已经这么定了。"

仿佛为了堵住她的抗议，铃木斩钉截铁地说完，看了一眼墙上的时钟，假装很忙似的站了起来。

6

秋风起时,沙也加结婚了。

按照预定,婚礼极为豪华。

作为新娘的沙也加很美。因为她身材纤瘦,皮肤白皙,周身散发着惹人怜爱的清纯。坐在台上的沙也加始终带着微笑,笃子内心也稍微安稳了一些。因为距离婚礼还有一周的时候,笃子感觉女儿的表情有点阴沉,一直很担心。不过现在看来,一切都是她想多了。那可能只是婚前短暂的抑郁而已。

新郎父亲的合作商占领了新人座位正前方的特等席位。合作银行的分行长率先发起干杯,后面又有几个模样差不多的西装男发表了冗长的讲话。

这到底是谁的婚礼?完全是一场做生意的宴会。身处这样的力量关系,沙也加真的能被珍惜吗?

丈夫在献上花束的环节一直保持着喜庆的笑容,

只有笃子嚎啕大哭。那并非出于孩子终于长大的感慨，也不是对出嫁的女儿的不舍，而是掺杂着不安和担忧的怜悯。

仪式和宴会都很顺利，年轻人都起身去参加餐厅举办的第二轮聚会了。

笃子的父母和兄长一家也来参加了婚礼。她本以为自己拖着筋疲力尽的身体，还要带二老参观东京肯定特别吃力，好在几年前刚搬离东京的兄长夫妇主动承担了带路的角色，让她省了不少力气。

最后，把婚礼、婚宴、意大利蜜月旅行和新房的费用加起来，笃子一共从积蓄里拿出了五百万。

都说有钱人小气，原来是真的。他们毫不客气地向女方提出了支付要求。如果按照世间常识，这倒是理所当然，她也无法抱怨什么。可是松平家还提出了最少要补妆三次，宾客礼品一定要高档这些细节要求。想到这里，笃子就觉得很不服气。关键在于，性格懦弱的沙也加自己只想要简单的婚礼，她之所以始终保持微笑，搞不好只是在装样子。

一想到这个，笃子就更可怜女儿了。

自从两个月前被裁员，笃子就一直在找工作。

虽然没有了工作收入，但她能够领取失业保险，因此生活跟以前相比几乎没有改变。只不过，就算还在失业保险的期限内，只要有好的工作机会，她也不想错过，希望能够尽快就职。

他们为沙也加结婚花了五百万，原本一千二百万的积蓄，现在只剩下七百万。

——养老资金最少也要六千万。

她在美发店读到的杂志上这样写着。照这个情况，她很担心自己老后的生活。

沙也加那边没有任何消息。笃子曾以为她婚后也会不时到娘家来露个脸，此时心里仿佛开了个大洞。好几次，她都忍不住想象沙也加会突然跑回来，一走进厨房就说："这个土豆炖肉我能拿回去吗？"然后自作主张地把东西打包起来带走。又有好几次，她猜测女儿今天说不定会回来，特意多做了一点菜。

女儿寄来了蜜月旅行的礼物和婚礼的照片，但还没听说岐阜那边的宴会啥时候办。丈夫倒是一点都不担心，还说："老话说得好，没消息就是最好的消息。"

那个周六，笃子一大早就在熬肉酱。她不用番茄罐头,而是将新鲜番茄切块,肉末只用和牛的红肉部分。只要把洋葱碎慢慢炒香,就能熬出味道浓郁的肉酱,特别适合搭配奶酪粉。这是沙也加最爱吃的菜。

"我还在想什么东西这么香,原来是笃子特制肉酱。"笃子正用木勺搅拌着深煎锅里的肉酱,勇人从后面探头过来说,"好香啊。"

"我来摆叉子,勇人到冰箱去拿奶酪粉吧。"

连丈夫都藏不住声音里的兴奋。

最后,她把装在大号玻璃碗里的沙拉摆上桌,一餐饭就准备好了。

"沙也加真是的,也不回来看看。"笃子一边用叉子卷意面,一边对丈夫说。

"证明她过得很好啊。"

丈夫似乎毫不在意,一脸满足地嚼着意面。

"真的吗?"

"要不然呢? 她不是会发信息吗?"

"嗯,如果我给她发,她的确会简单回复一下。"

"她在信息里说的还不错吧?"

"嗯,还可以。"

"老姐可是个新娘子,肯定快活得很。"

听了勇人的话,她总算放下心来了。

其实仔细想想,她也经历过那样的时期。当时母亲每次担心地打电话给她,她都会觉得不耐烦。

只要沙也加幸福就好。

她不断用这句话安慰自己,把沙也加不在的寂寞深藏在心底。

7

秋叶愈发红艳的季节,公公去世了。

笃子夫妻赶到医院时,他已经是奄奄一息。

婆婆和志志子夫妻,还有几个亲戚都围在床边。

"病人去世了。"

医生说完,周围响起了低低的啜泣声。

没过多久,凤友典礼就派车到九十九里的医院来领取遗体了。

"请您节哀顺变。"丧葬公司的员工深深鞠躬道。

按照工作人员的说法,这几天火葬场预约都满了,只能排队等待。因为东京人口密集,高龄人口众多,每天的死亡人数很多。因此,守夜安排在了三天后,葬礼则在下一天举办。

"故人遗体暂且运送到本公司大堂的安置室内存放。"

因为葬礼直接在大堂举行，无需将遗体暂时领回家中。得知这点，笃子顿时放心了。虽然很对不起丈夫，可是把遗体放到公寓的起居室里停放整整三天，她实在受不了。一想到要跟死者待在那样的封闭空间里，笃子就觉得胸闷气短。可能因为她长大的地方几乎家家户户都是独栋小楼，看不见高层公寓和出租屋。而且她还感觉，如果用公共电梯搬运遗体，对其他住户也不好。不过仔细一想，说不定很多人都用电梯搬运过遗体，只是她没发现罢了。

"亲属也可以在安置室陪伴，请问几位打算怎么办？"丧葬公司的员工问道。

"怎么办？"志志子轮番看着樱堂和笃子夫妻。

若是年轻时还好说，这把年纪了还熬夜，身体会吃不消，会连续好几天浑身不舒服。

"天亮之前香火都不能断，对吧？"丈夫问丧葬公司的员工。

那让谁留下来？

"我们工作人员可以二十四小时代为管理。"

"可是我们人都在，却要交给工作人员，这样爸爸未免太可怜了吧？"

志志子自言自语一般嘀咕着,丈夫和樱堂只是哼哼了两声。两人显然都不太愿意通宵守候。毕竟就算再怎么累,也不能在请了白事假之后无缘无故再休息几天,这倒是不难理解。

"我很累,先回去了。"婆婆无力地说,"你们也不年轻了,最好别勉强吧。"

丈夫的表情缓和了一些。

"你们爸爸肯定也在那边叫你们早点回家呢。"

听了婆婆的话,所有人同时看向了床上的遗体。

笃子感觉,公公真的会这样说。

"老妈说得没错,今天暂且交给工作人员,我们先回去吧。"

丈夫斩钉截铁地说完,最关键的志志子却一言不发。

不知从何时起,所有人都习惯于看志志子的脸色行事了。而且,一切决定权也不知不觉跑到了她手上。

"志志子怎么想?要是通宵守着,身体吃不消啊。"

"嗯,确实如此……"

她很不情愿。

这四个人里，没有工作的只有笃子和志志子。如果她这么讲究家人守夜，自己留下来不就好了。

"老丈人这是喜丧。"樱堂语气平和地说，"从生理上考虑，这反倒是值得高兴的事情啊。"

这句话从搞研究的樱堂口中说出来，似乎有那么一点科学道理。

"是吗？"志志子松开抱在一起的双手，似乎总算被说服了，"也对啊。就算交给工作人员，爸爸也一定能理解。"

樱堂肯定地点点头。或许在一起生活这么多年，他已经熟知如何应付顽固的妻子了。

笃子丈夫露出微笑。"而且还要准备葬礼，辛苦的还在后头呢。"

一直等在后面的工作人员可能判断丈夫的话算是把事情定下了，适时上前一步，轻声说："请交给我们吧。"

于是，他们就离开了医院。

"哥哥，那葬礼就拜托你了。"

"交给我吧。"

"可别抹黑了老店的名号啊，否则爸爸就太可怜

了。"

"嗯,我知道。"

丈夫俨然下一刻就要拍起胸脯了。

不过,在回家的电车里,丈夫却说:"老实说,现在公司特别忙,很难请到假,所以能麻烦笃子去跟丧葬公司打交道吗?"

"我一个人?不行啊,我没经验。"

"丧葬公司全都会包办。人家都是专业人士,你只要随便应两句就可以了。"

"我没信心。"

"可你很闲啊。"

"你这样说有点过分吧?我也每天在拼命找工作呢。"

"对不起,我不是那个意思。"丈夫飞快地辩解道,"只是我公司最近有点奇怪,气氛越来越差了,所以我得小心驶得万年船。拜托你了。"

看着丈夫难掩疲态的侧脸,笃子不禁有点心疼。与此同时,她再次感到愤愤不平。因为志志子一直都是家庭主妇,有钱有闲,这些应该她来做才对。

"好吧,章先生,那我一个人想想办法。"

说完,丈夫小声回了一句:"对不住了。"

他一改刚才在志志子面前的精神状态,脸上闪过了阴霾。

8

丈夫出门上班,勇人去了学校,家里只剩她一个人。今天她也是一大早就打开了招聘网站。

由于年龄比较大,她很难找到好工作。但大失所望的同时,笃子也暗自为工作日白天能待在家里而感到幸福。之所以说暗自,是因为她对忙于工作的丈夫和世人的目光感到内疚。

外面的家庭主妇全都过着这种悠闲的日子吗?孩子长大独立后,她们究竟在家做什么呢?她越来越羡慕志志子的生活了。

在此之前,她深陷忙碌的日常生活,始终疲惫不堪,每天最快乐的时刻就是睡觉。这么一想,她觉得现在的生活简直像天堂一样。年轻时光顾着实现自我价值和女性自立,一旦过了五十岁,她开始觉得那些都毫无意义,只想停下来休息。

同样是工作,她与身为有钱贵妇,完全凭爱好担任花艺课讲师的城崎有着云泥之别。

门铃响了。

她看了一眼墙上的时钟,正好是约定时间。

"你好,我是凤友典礼的工作人员。"门禁对讲机传来女性温柔的声音。

她打开门,外面站着一名身材纤瘦的女性。

"请您节哀顺变。我叫本间千帆,是负责后藤先生葬礼的工作人员。"

这人看起来四十多岁,有光泽的长发一丝不苟地扎在脑后,气质跟她那身藏蓝色西装十分般配。她递过来的名牌上写着科长的头衔。

她笑容自然,语气温和,应该很好相处。想到这里,笃子稍微不那么紧张了。

笃子请她换上拖鞋,把她领到起居室,泡了煎茶端出来。

本间先是彬彬有礼地问候了一番,然后转入正题。

"恕我冒昧,我想请您先决定使用哪种棺木。"

本间翻开带照片的精美小册子,摆在了桌子上。里面有五十万日元的雕花扁柏棺,也有四万日元的桐木棺,按照价格从高到低的顺序排列。

笃子压根不知道该选哪种。

唉,失策了。

早知道先找皋月请教请教。几年前,皋月为她的公公办了葬礼。自己竟然没有向可靠的皋月寻求帮助,真是太大意了。

"要我决定啊……"

她正犹豫着,本间适时出手相助了。"选择这款的客人很多。"

她指的是倒数第二款价值十二万日元的棺木。

好在她没推荐五十万那款。笃子稍微放心了一些,同时又想反正是要烧掉的东西,怎么还要十二万这么贵。连最便宜的都要四万。这东西成本价到底是多少?十二万都能买一台很好的节电空调了。空调越老越费电,制冷效果也不好,她好几年前就想换了。

十二万……可以到香港或者台湾玩一圈,而且还是住在高级酒店。要么就可以买她早就眼馋的连衣裙和包包。如果到高级餐厅吃晚餐,足够吃好几回。

思来想去,她愈发觉得十二万的棺木太过离谱。

如果是她亲生父母的葬礼,笃子绝对会毫不犹豫地选最便宜的款式。

——反正最后都要烧掉,你花这么多钱到底是为啥?

她仿佛能听到信奉现实主义的父亲如是说。

"请问……普通人一眼就能看出棺木的档次高低吗?"

她知道这种问题很不入流,但还是忍不住要问。

本间愣了愣,似乎吃了一惊,但很快堆起了笑脸。"这个嘛,一般人不仔细看应该区分不出来。而且这些都是贴布的款式,看不见里面的质地。"

她很感激本间的坦诚。看来这人并没有极力推销高价商品的原则。

"也对啊,应该看不出来。"

她忍不住笑了起来,本间霎时不知道目光该往哪放。

"当然,有经验的人应该能看出来。"

她一下就推翻了之前的说法。

有经验的人应该是指专业人士吧。

总之只要志志子看不出来,那就万事大吉了。

"要是我选了四万这款,发票明细会怎么写?"

"啊?您说发票吗?"本间诧异地看着笃子,"商品名是'心'。"

不是松竹梅那种分级的名词，志志子应该不会发现。而且除了她，会看明细的也就只有丈夫了。

嗯，四万这款足够了。

可是就在那时，笃子脑中突然浮现出志志子锐利的目光。她这么聪明，该不会发现吧？不，就算志志子再怎么聪明，只看实物应该猜不出价格。不过日后她万一要求看发票怎么办？到时候就说一忙给搞丢了就好。反正她也没让笃子看笔记本，这下扯平了。

不过，他们说和栗堂的葬礼每一代都交给凤友典礼，说不定一听到"心"就知道咋回事了。因为婆婆的母亲活到了一百岁，才刚去世没多久，那边说不定现在还记得。毕竟那家伙实在太聪明了。

如果她真猜到价格，可能要说父辈被怠慢了。虽然不太可能当面指出来，但是很有可能留下后患。

然而……反正都是要烧掉的东西。

笃子抬起头，本间迅速堆起了笑容。

她注意到本间露出笑容前有一瞬在皱眉，可能等得有点不耐烦。

"其他人一般会马上决定吗？"

"嗯，许多客人会快速决定。因为葬礼跟婚礼不一样,总是突如其来,日程都非常紧。而且还有其他东西要决定,比如祭坛的款式,给葬礼宾客的礼品之类。"

"本间女士一定也很忙吧,真对不起。"

"哪里哪里,请您慢慢考虑。"

她露出了一脸假笑。

说是说可以慢慢考虑,可笃子连四万的棺木都觉得太贵了。其他人难道不会这样想吗?

"不如我们先把棺木放到后面,从祭坛款式开始吧?"

她果然很赶时间。

"有多少人选四万的款式?"

"老实说,我负责的客户里还没有人选过。"

"啊?"

"不过,每个人的想法都不一样,您大可以自由选择。"

对啊,那还是选四万的好了。嗯,就这么定了。

她总算做了决定。可是就在她松了口气,准备开口时,本间又补充道:"我刚才只是说,客人一般会选择这款十二万的'紫',当然,也有不少客人选择五十万的'凤凰'。"

真的吗？本间看起来瘦瘦高高，清爽干净，没有一点商人气息，但毕竟人不可貌相啊。

话虽如此，这下她实在说不出要选四万的"心"了。若是选了这个，不就好像她是全世界最穷的人一样吗。

"那我就选十二万的吧。"

话一出口她就后悔了，不过本间倒是微微一笑，应了一句"明白了"，在明细表上用清秀的字迹写下了"紫"。

"接下来是祭坛。"

本间又展开了另一本图册，上面是装饰着菊花的气派祭坛照片。

"一般大家都会选这种。"她指着标价一百二十万的款式说。

这东西凭什么要一百二十万？

笃子死死盯着照片，恨不得把它盯出一个洞来。木材上有镂空雕花，就精细程度而言可谓艺术品。而且这东西由日本工匠亲手雕刻，用过一次就会废弃，也难怪价格会这么高。可是照理说，这么精致的东西不是应该连续使用吗？而且这也有可能是在人工便宜的中国或东南亚制作的吧？

"我要这三十万的就好。"她咬咬牙说了出来。其实连她自己都不明白，这种话为何这么难说出口。

——爸，你为什么要死？都是因为你死了，才要花这么多钱。

笃子越来越生公公的气了。

"夫人，这样真的够吗？"

虽然这人的语气很委婉，但也相当于让她打消主意。

"说到浅草的和栗堂，那可是附近无人不知的老店。跟其他突然冒出来的甜品店档次不一样。而且老人家都参加过不少葬礼，看祭坛的眼光难免刁钻……不过，这款三十万日元的产品当然也是本公司最骄傲的镂空雕花设计，一点都不逊色。所以说，如果夫人一定要选这款，我也没意见。毕竟现在时代变了。只不过，站在儿媳的立场上，我认为这样不太妥当。如果家属没有意见的话……哎呀，你瞧我，一不小心就僭越了。实在是对不起。"

笃子定定地看着祭坛的页面。

最便宜的要三十万，往上一档是五十万，然后八十万、一百万、一百二十万、一百五十万、两百万。她连三十万都嫌贵的话,莫非是金钱感有问题?她就是无法接受红白喜事很花钱的事实,这难道是她的问题?

唉,还好丈夫不在。那家伙这么爱面子,棺木和祭坛肯定都会选"上数第二个"那种。

不过,她总是忍不住把这些花费跟日常生活作比较——比如这些钱拿去旅行或是买好看的衣服会怎样,或者用来给家里换新会怎样。莫非这种想法很奇怪?如果可以重复使用,那不就成了租借吗?话说,这东西到底为什么贵成这样?

啊,对了……沙也加结婚的礼服和会场都是租借的,还不是很贵。

平时点点滴滴的节约——比如萝卜卖一百九十八日元可以接受,三百日元就不买,与之相比起来竟显得如此没有意义。

"听说参加葬礼的人数至少有一百人,所以我们预先备好了最大的会场。如果祭坛太小,可能不太搭配……"

的确,三十万的看起来低档很多,相比那些昂贵的款式显得又小又苍白。理所当然,价格越高的款式外表越豪华。只不过，一百五十万以上的未免太夸张了吧。

"一百五十万和二百万的祭坛基本都用于家庭与公司合办的葬礼，普通葬礼很少使用。"

本间可能一直在关注她的视线，总能给出恰到好处的建议。然而被追踪视线这点让笃子感到很烦躁。她只想尽快定好细节，尽快把她打发走。

其他丧葬公司也这么贵吗？虽然后悔已经来不及了，不过她早就料到公公坚持不了多久，应该事先找几家公司做个对比才对。不过和栗堂每一代的葬礼都是凤友典礼在办，就算找了可能也改不了。

怎么办，该怎么办？她左思右想，眼睛越来越疲劳，甚至有点犯恶心。

本间说的可能有道理，一百万以下的祭坛撑不起场面。这可是历史悠久的和式点心店和栗堂最后一代店主的葬礼。棺木也就罢了，如果选择一百万以下的祭坛，别人恐怕一眼就能看出是便宜货。因为连她这个外行都看得出来。

聪明的志志子锐利的目光再次浮现在脑海中。

"那就一百二十万的吧。"

话刚说完,她就感觉双臂炸起了鸡皮疙瘩。

花这么多钱真的没问题吗?她感到了近乎恐惧的不安。

不对,等等。我不是还有奠仪嘛。和栗堂在浅草,那一带有不少老店。既然那些老店的店主都要来,奠仪肯定少不了。虽然很难指望收支平衡,不过至少三分之二,不,至少四分之三能用奠仪的收入抵消掉吧。

嗯,没问题,是我太爱操心了。

"夫人,您的决定很明智。那么就定下这款一百二十万的'白菊'了。"

本间在明细单上写下了"白菊"。

"那个……不好意思,我现在能把棺木改成四万的吗?"

棺木便宜一点应该不会暴露,虽然也只是杯水车薪。

"好的,我明白了。"

本间微微一笑,在"紫"上画了两道横线,改成了"心"。

"接下来是会场的使用费。大厅已经定下是十万日元。"

她压根不知道那个算贵还是便宜。不过既然已经定下来了，那就没办法。

"遗照是三万日元，灵车使用费五万日元，骨灰盒两万日元，前往火葬场的小巴是四万日元，枕饰三万日元，安置费两万日元。干冰费用另算，不过要看室温如何，所以事后才会请款。"

"枕饰是什么？"

"就是这个，"本间指着小册子里貌似小号书台的东西说，"这是放在遗体枕边的供奉台。白木小桌加上香炉、花瓶、烛台、铃。还有装满米饭的饭碗里垂直插着一双筷子的一膳饭，再加上三方膳台上的枕团子、净水等物品，这些算是一套。花瓶里会装饰樒草或是菊花。"

她这段话说得格外流畅，想必是早已烂熟于心。

这上面有那么多零零碎碎的小摆件，竟然只要三万日元，还挺便宜啊。笃子觉得自己得了大实惠。

"全部大概要多少钱？"

"除了刚才向您介绍的部分，还要加上款待宾客的费用。主要是寿司、小菜、啤酒和果汁。再算上宾客礼品和感谢函，大约要四十万左右。"

"哦……"

她回忆起以前参加葬礼时拿到的东西。

一小袋盐、谁都不会用的花纹奇怪的手帕、一合①瓶装的日本酒。为了这点东西得花这么多钱,她几乎要哭出来了。

"另外还需要花环。一个两万五千日元,请问您要安排几个?"

她感到头晕脑涨。

"一般会安排几个?"

"去世之人的夫人名义一个,长子夫妇、长女夫妇、孙辈,还有亲戚那边也需要几个……加起来五到十个左右吧。"

"十个二十五万,对吧?"

"这是各家人自己支付的东西,所以您可以先问问亲戚那边是否要摆花环。"

究竟什么算贵,什么算便宜。多少钱才算合适。

她再也搞不明白了。

如果是萝卜或厕纸,她倒是清楚得很……

笃子明显感觉到,自己的金钱感已经渐渐麻木。

---

① 合是日本清酒的一种计量单位,一合约等于一百八十毫升。

9

浓粉色的鸡冠花泛着天鹅绒一般的光泽。

在旁边添上蓝紫色的龙胆和暗红色的地榆,就显得秋意十足。最后点缀上轻轻摇晃的白色大波斯菊,便算大功告成。

花艺教室里的时间过得平和缓慢,与世隔绝的空间令人无比舒适。

凝视着这些秋天的花卉,心中不由得涌出黄昏日落时的愁绪。

沙也加在干什么呢?

她过得还好吗?

今晚会打电话回来吗?

讲师城崎今天也是一身美丽的装扮。笃子倒是也有纯棉白色衬衫,可是穿在身上只会让别人联想到二战前的少女。城崎那件上衣是白底添加了精致的白色绣花，宛如艺术品。肯定价格也要多上一位数吧。

"老师，你今天的上衣真好看。"教室右侧飞来了尖细的声音。

"是吗？谢谢你。"

她微笑起来，显得更雍容华贵了。

"这是件旧衣服。以前日本产的衣服质地好，车工也仔细，所以我一直珍惜到现在。"

"真好啊。"

"我也想要。"

"好棒。"

人们纷纷发出了艳羡的感叹。

"对了，我妈妈也是——"一个看似三十多岁的优雅女性对城崎微笑着说，"最近都把旧衣服拿去改成比较新的款式继续穿。"

笃子心想，她改衣服的钱恐怕能买好几件自己那种衣服了。

"老物件一直爱惜着用，这种简朴的生活也很棒啊。"

说完，城崎微微一笑。

简朴的生活？

城崎那件衣服究竟是多少钱买的？肯定贵得离谱吧。那还说什么简朴的生活？她越想越气。

就在那时，皋月靠过来小声说："我根本没有想拿去改款式的高档衣服，面料磨损了就拿去擦擦换气扇然后扔掉。"

她的话顿时让笃子爽快了许多。

"就是啊。"

那天回家路上，皋月带她去了法式烧饼很好吃的店。

"笃子姐，办葬礼肯定很累吧，辛苦你了。"

皋月发自内心地慰问了她。因为她几年前办过公公的葬礼，深知这件事的辛苦。

"花出去两百多万。"她叹息着说。

"是吗？"

皋月并不惊讶。

"葬礼花两百万，你不觉得贵吗？"

她太想得到皋月的赞同，忍不住重复了一遍。

"怎么说呢，我觉得一般都要花这么多吧。"

"嗯，你说的倒也没错。"

不用说她也知道，两百万不算是超出常识的程度。

可是——

出乎意料的是，参加葬礼的人特别少。不是志志子说起码要来一百个人吗？到最后，只有丈夫的公司那边来了几个人，樱堂的研究所那边来了几个人，还有三个婆婆的朋友。公公是七兄妹里的老幺，上面的哥哥姐姐都已经去世了。婆婆虽然有两个哥哥，但也都在年轻时死在了战场上。两夫妻搬到九十九里已经二十多年，浅草的朋友早就疏远了，而且与公公同辈的人基本已经亡故。婆婆认识的人里倒还有挺多健在的，只是并没有好到穿上丧服来参加葬礼的程度。

"早知道办个小型家庭葬礼就够了。"笃子叹着气说。

"我听说家庭葬礼的价钱也差不多哦。"

皋月说完，将搭配了培根和鸡蛋的荞麦粉可丽饼切成小块，送进嘴里。

"差不多？那也太奇怪了吧。"

"就是啊。不过我觉得啊，今后会慢慢改变。"

"而且现在越来越多人连墓地都不要了。"

笃子闻着荞麦的香气，切开了搭配香蕉和生奶油的法式烧饼。

"我们当施主的寺院档次很高，所以给寺里也付了不少钱呢。据说和栗堂的上一代主人特别信佛，施舍的时候格外大方，所以住持认定两边今后会继续那种关系，光是院居士的戒名就收了我们六十万。再加上布施和谢礼，就整整九十五万了。"

"那一共不就花了三百万？"皋月难以置信地摇了摇头，突然停下了动作，"不对，那可能也正常，算不上特别贵。"

"嗯，好像是的。而且……"

她正犹豫着要不要往下说，皋月已经放下了餐叉催促道："而且什么？"

"墓碑好贵，我都快哭出来了。"

"什么？不是有祖先的墓地吗？"

在墓地这件事上，不仅是笃子，连丈夫都没有料到。

原来公公并不是上门女婿。虽然他早在二战前就到和栗堂当童工，但是坚决没有改姓。所以他虽然住在和栗堂，却始终用着自己的姓氏。她提议把"栗田家先祖代代之墓"的文字改成"无我"或"一期一会"，让姓氏不同的人也能葬在里面，但是被住持拒绝了。由于浅草墓地很贵，他们压根出不起那个钱，于是丈夫对住持百般请求，总算在栗田家那块还挺宽敞的墓地角落里加上了后藤家的墓碑。

"那真是太辛苦你了。不过……"

皋月竟然欲言又止,还真少见。

"不过什么?"她忍不住探出身子追问道。

"现在的老人一般都会在死前留下自己的葬礼钱吧?所以就算贵点也……"

"也轮不到我这个当媳妇的抱怨?"

"嗯,就是这个道理。"

"可是啊,这回每一分钱都是我们家出的。"

"为什么?难道老人连葬礼钱都没留下?"

皋月毫不拐弯抹角的话语让她很高兴。因为公公去世,婆婆体弱,她一直不好抱怨,也就一直没开过口。皋月这句话就像批准了她抱怨公婆的行为。

"我公婆口袋里空空如也。"

"啊,为什么?浅草的地皮不是卖了两亿吗?等你婆婆过世了,兄妹俩各能分到一亿吧?我还跟我老公开玩笑,说到时候要找你请客吃烤肉呢。"

"那两亿日元啊,全被他们用来花天酒地、入住高级护理院和缴纳每月费用,都花光了。"

"真的吗?他们为啥要住那么高级的地方?"

"因为谁也没想到二老能活这么久。"

她一直觉得这是家丑,从没对皋月说过。

"那可真是……"

笃子越来越想找个人倾诉了。照这样下去,她真的很担心自己的养老问题。

皋月说不定有办法。

"真的太难了。其实……"

等她回过神来,已经把每个月出九万日元生活费等现状全都说了出来。

"可是笃子姐,九十九里那栋房子不是空出来了吗?把房子卖掉不就好了。"

"听说顶多能卖五百万。"

"钱不多也行啊,只要能抵掉葬礼费用就好了。"

"我也是这么想的……"

她说出了志志子坚决反对的事情。

"你这个小姑子很麻烦啊。笃子姐每月出钱肯定也吃不消吧?那干脆现在就把房子卖掉,去交护理院的费用。啊,不过……"皋月凝视着虚空,自言自语般嘀咕道,"房子卖了五百万,能交几年费用呢?要是老人长寿,肯定一下就花光了。"

接着,她似乎被自己的话吓到了,慌忙说道:"啊,对不起,我太口无遮拦了。"

"没关系,反正你说得对。"

"孩子还小的时候,我买过几次和栗堂的金锷烧。"皋月可能觉得自己说得太过分,突然换了话题,"真的很好吃。连我这种不喜欢甜食的人都说好吃,那就错不了。"

"我以前也很喜欢和栗堂,真想再吃一次啊。老店的味道就这么消失,实在很可惜。"

"如果我是笃子姐,肯定就继承店铺了。"

"你就知道站着说话不腰疼。"

"对不起。不过话说回来,我们家开了面包屋之后一直都很辛苦。做生意比想象的辛苦多了。如果是和栗堂,它本来就有很多老客户不是吗?老店这个词具有的意义可不是一两天能复制的,所以它是最强的商业武器。如果谁都不去继承,那就太可惜了。"

"说得倒轻巧。"

笃子假装瞪了她一眼,其实最近心里也有类似的想法。

如果当初继承了那家店铺,她现在会过着什么样的生活呢？年轻时，她完全不理解旧门面的价值何在。

——甜品店太老土了，谁要继承啊。老子要自由地生活。

当时，她的想法跟丈夫完全一样。受到了泡沫经济全盛时期的影响，她坚信自己能够亲手开创美好的未来。如果嫁到和式点心的老店里，只能被夫家当作家族机器里的一个齿轮，从此压抑自己的个性，被埋没在古老的规矩与街坊邻居的交往中。

光是想到这她就毛骨悚然，可以说已经是种恐惧。

可是，说不定继承了店铺，丈夫反倒能过上比现在去公司上班还要自由的生活。最近她经常会这样想。真正做生意的人可能会笑话她想法天真，不过那种工作能够得到公司上班所不能得到的创造的乐趣和制作的成就感，而且每一份努力都能得到金钱的回报。这不是一份白领工作压根比不上的充满了价值的事业吗？反正肯定比她那份小时工有价值。最关键的是，土地和房子都是现成的，他们完全不用担心还贷问题。既然如此，就算赚的钱少一点，也足够一家人吃喝了呀。

如果继承了店铺，她的性格或许会变得干练泼辣。

说不定她会更有自信，培养出性格开朗的孩子。说不定孩子还能在祖父和父亲严厉的教导之下，成为优秀的和式点心师，并且站稳脚跟。能从最亲近的家人那里学习经营和技术的经验，这可是千载难逢的机会啊。

根据她自己的经验，进企业工作需要掌握各种技能。现在会用电脑已经成了最基本的前提，另外还要具备处理好公司复杂人际关系的协调性，最好还能有点既能受上司青睐，又能得到下属仰慕的人格魅力，以及不怕加班的强健体能……这么数起来真的没完没了。再看公公，他似乎压根不具备其中任何一种能力。他就是个特别顽固，跟谁都不爱说话，只知道默默做点心的人。即便如此，他依旧被称颂为一流的和式点心师，得到了极高的名誉。

一想到沙也加懦弱的性格，她就忍不住可怜这个女儿。

今后随着孩子的降生和操持家庭，沙也加是否会增添一些自信和坚强呢？

沙也加的丈夫没来参加公公的葬礼。因为两人从未见过面，对方可能觉得没必要专门请假去参加。至于好久不见的沙也加,可能因为那天穿着丧服,她看起来美丽了不少。不过如今回想起来,她可能只是瘦了而已。当时笃子觉得女儿皮肤白得透明,搞不好只是缺乏血色。由于是葬礼,脸上没有笑容自然很正常,不过她还是觉得,女儿的侧脸似乎布满了阴霾。

"笃子姐,马上就尾七了。"

皋月的声音把她拉回了现实。

"一想到这个我就头痛。今后还有一年忌、三年忌、七年忌的法事呢。"

"尾七不是还要回礼吗?"

"现在这些人收到毛巾或者不喜欢的餐具,肯定不会高兴吧。"

"就是啊,转手就放到二手网站上了。"

"问题在于那些给了很多奠仪的人。如果按照半数给三万日元的奠仪回礼……"

"果然还是毛毯吗?"

"如果是我就不想要。只不过,除了毛毯和夏凉被,还真想不到别的。"

"这真是个浪费的习俗啊。本来选品就够麻烦了,要是不清楚地址,还得费工夫去查,收东西的人也不会感到开心。"

皋月叹了口气。"既然如此,为什么大家都还要坚持呢?"

"就是。我老公倒是说直接搞一份百货公司的商品图册就好。"

这是丈夫昨晚得意洋洋的发言。他当时那副"这种事很简单,你瞎烦恼什么"的嘴脸,让她越想越气。

"每次有人办红白喜事都能收到图册,可我从来没在上面看到过想要的东西。而且那都是定价销售,百货公司肯定赚翻了。"

笃子一口气喝掉苹果酒,把杯子放回桌上。此时,她想起了几年前皋月的公公去世时的事情。她拿了一封奠仪给皋月,但是皋月没收。

"皋月,你公公那时的葬礼是怎么做的?"

"我们把所有奠仪都婉拒了,所以不用回礼。因为我公公身体还健康的时候,就一直不厌其烦地唠叨'不要收奠仪,别为葬礼花大钱'。"

皋月的公公变成战争孤儿后,日子一直过得很苦,这件事她听皋月提起过几次。可能因为那些苦日子,他异常厌恶铺张浪费。听说他在捉襟见肘的生活中,只要攒到一点钱就拿去买地,最后给三个孩子都分了一些地。皋月夫妇之所以刚结婚就能开店,就是多亏了她公公。

"公公去世时,我们借了丧葬公司的安置室,办了一场只有家人参加的道别会。后来出殡也没用灵车,而是租了一辆房车。去火葬场时也没租小巴,而是各自开车过去的。"

"还是皋月厉害。一般人肯定想不到这么细。"

笃子嘴上佩服不已,心中早已后悔不迭。为什么自己没有像皋月那样办一场简单的葬礼呢?

"这都不是我想的,是我公公生前自己反复研究得出的最廉价的方案。他找几家丧葬公司要了报价,想趁自己还活着先签好最便宜的公司,没想到每家公司都很贵,于是干脆说不找丧葬公司了。"

如果她把葬礼办成皋月家那种简单的形式,志志子会怎么说呢?笃子脑中闪过了她一脸不高兴的表情。

"你婆婆还有大姑子、小叔子,他们都不反对吗?"

"他们没什么意见。因为盂兰盆节一家团聚时,我公公自己一直不停地讲他的葬礼要怎么办。"

简直是天差地别。笃子的公公甚至直到去世都不知道他们卖掉浅草地皮的二亿日元早就花光了。

"你们具体怎么办的?"

"一般火葬的时候,家属会到会场吃斋饭对吧?我们连这个流程都没走。两个小时的火葬时间,我们随便在车站门口找了家餐厅吃饭。这是大姑子提的建议。"

"那很好啊。毕竟那些吃不饱的怀石料理一个人要五千,太浪费了。"

她话音刚落,皋月忍不住笑了起来。

"怎么,我说了很奇怪的话?你想啊,五千日元都能在家吃一顿厚厚的和牛牛排了。怀石料理只有什么高野豆腐、干香菇煮物,还有什么茶碗蒸,那不都是老土的家庭料理吗?"

"哦?"

皋月收起笑容,感慨地摇了摇头。"看来笃子姐很会做和式料理啊。"

"谈不上很会,我只是觉得为那些在家也能做的饭菜花五千日元太浪费。"

"我可喜欢怀石料理了,因为我自己从来没用过高野豆腐和干香菇。那些东西煮起来好难啊。"

"啊,真的吗?真是世上无奇不有。"

笃子说完,皋月又笑了起来。

"好在我家大姑子不是那种拘泥于形式的人。那天在餐厅,我们都点了自己喜欢的东西。毕竟一大家子人既有小学生也有八十多岁的老人嘛。吃完饭又各自点了芭菲冰淇淋和咖啡,大家都吃得很满意。"

"不过给寺院的费用省不了吧?"

"我们没叫师父来做法事。这也是我公公生前做决定,自己跟寺院商量好的事情,对我们来说算是帮了大忙。我们用无宗教的形式办了葬礼,只在后来请僧人到家里来念了经。"

"最后花了多少钱?"

"总共花了多少来着……"

皋月看着虚空想了一会儿。"啊,对了,我这儿有明细。"

她拿起手机飞快地操作起来。"找到了。"

那是一张费用计算草稿的照片。

上面的内容是——

安置室的使用费三万五千日元,亲属的献花两万一千日元,房车使用费两万五千日元,祭坛(包括照片、棺木、香台等)九万八千日元,骨灰盒一万八千日元,支付给自治体的斋场使用费两万日元,干冰一万日元,合计二十二万七千日元。

"除此之外,葬礼那天晚上我们家族的人在家里叫了寿司外卖,聊聊往事,一直吃喝到天亮,总共就是二十五万左右。"

"就这么点儿?"

一想到自己为二十五万就能解决的事情投入了两百万,笃子就感到心情阴郁。

"最让我生气的是死亡证明书。"皋月皱着眉说,"我公公去世时,他们收了五万!"

"太难以置信了,我们开一张才六千,就这我都觉得很贵。"

"听说那都是医生随口开的价。我觉得那东西三百日元就足够了,不是吗?要是上面写着具体病症倒也罢了,实际只写了姓名、出生年月日和'死因:肺炎'这三行字而已。"

笃子对皋月的话深表赞同。

"一听说是家庭葬礼,有的人就会说'死者真可怜'或是'会不会有特殊原因'。可我觉得儿孙两辈都对公公表达了悼念之情,充满了真情实感,办得很不错。"

"能增进家人的感情,是很不错啊。奄美大岛那边怎么样,街坊邻居都过来帮忙?"

"那都是以前的习惯了。现在奄美跟东京一样,都是交给丧葬公司办。我奶奶去世那个时代倒是街坊邻居都过来帮忙,大家一起唱唱岛歌,特别有气氛。"

"过去肯定全日本都这样,只是后来觉得这种来往实在太繁琐,大家才更愿意交给丧葬公司吧。我们家是公寓楼,几乎没什么邻居来往,那种光景想象起来就像另一个世界一样。"

已经花出去的钱是要不回来了。笃子心里很清楚,可是皋月却只花了很少的钱,并且认为葬礼办得满含真情实感,结果很好。

她突然觉得自己是个无可救药的笨蛋。

在车站与皋月道别后,笃子走在回家路上,任凭凉爽的秋风拂过脸颊,莫名很想看看沙也加。

不如去沙也加他们的公寓看看吧。想到这里,她转过了身。

不,还是算了。她这样不就是别人说的那种放不开孩子的母亲吗?

既然如此,不如寄点水果给她吧。秋天的特产是梨、栗子,还有柿子……

啊,家里存款亏空了好多来着。

原本他们有一千二百万日元的存款,沙也加结婚花掉五百万,公公的葬礼和墓地花掉四百万,现在只剩下三百万了。丈夫退休后,他们该如何生活?三百万只够一年的生活费。两夫妻五十几岁只有这么一点积蓄的,在日本究竟占多少比例呢?

这下她觉得刚才在法式烧饼店结账时给出去的钱都很浪费了。

不,不会浪费。因为她每个月只跟皋月出去一次,而且不找她倾诉一下心事,自己搞不好会抑郁。虽然……这次聊完她更郁闷了。

夕阳洒在路旁的银杏树上,反射着耀眼的光芒。

丈夫退休后,她本想两人一起到处去观赏红叶。

现在她却为自己的养老问题忧心不已。

从现在起,要加倍节约才行。

必须在失业保险结束前找到工作。

可是,万一婆婆去世了,葬礼该怎么办?还要他们来负担吗?

　　怎么可能……到时候果断拒绝志志子吧。

　　虽然丈夫肯定摆不出什么好脸色。

10

她正在给起居室吸尘,口袋里的手机震动起来。

是丈夫打来的。他很少在上班时打电话过来,莫非婆婆去世了?

"喂,笃子吗?"

"怎么了,这种时候打电话回来?"

"我的公司好像不行了。"

"不行?什么意思?"

她的确听说丈夫的公司到现在还没走出雷曼冲击①的影响。

"今天早上总部的人事人员过来开会了。上面决定只保留总部机能,其余员工全部解雇。"

"难道章先生也在里面?"

---

① 2008年,美国第四大投资银行雷曼兄弟由于投资失利,在谈判收购失败后宣布申请破产保护,引发了全球金融海啸。

"在。"

"为什么？新闻不是总说建筑业人手不足吗？"

"笃子，现在已经没办法了。"

"可是为了震后重建和东京奥运会，不是有很多工作吗？"

"那些都被大公司承包了。我们本来是第一层外包，可是社长业务能力不咋的，不知不觉就沦为第三层外包了。本来听说到手的钱太少，早就做不下去了，但是正如笃子所说，最近一直缺人手，所以老板也以为能多撑一段时间。结果呢，人家在东南亚招了一大堆外国劳工的公司，用更便宜的价钱把订单给抢走了，于是我们公司就真的做不下去了。"

丈夫一口气说了很多话，甚至可以说处在激动状态。

"那我们夫妻俩不就……"被炒鱿鱼了。

她突然感到身子一软，慌忙靠在了墙上。

她太害怕了。原来崩溃就是这种感觉吗。

"章先生能工作到什么时候？"

"到明年三月末。"

"退职金呢？"

"一毛钱都没有。"

"怎么会……"

"笃子,对不起。"

丈夫的声音突然阴沉下来,句尾几乎听不清楚了。他的情绪明显很不稳定,这让笃子产生了不好的预感。他该不会跑去自杀吧。

"这不是章先生的错。今后的事情我们两个好好商量吧。"

"……嗯,笃子,真的对不起。"

"今晚我给章先生做你喜欢的关东煮,我俩久违地喝一杯吧。"

"是吗,也好。嗯,那我今天早点回去。"

"反正你都要被炒鱿鱼了,还加什么班。再为公司做牛做马的都是傻子。"

"哈哈哈,你说得对。"

听见丈夫的笑声,她多少放心了一些。

那天晚上,丈夫很早就下班了。

只喝了一杯,他的脸上就出现了红晕。这人年轻时无论喝多少都面不改色,笃子不禁想,丈夫不知不觉也开始衰老了啊。

"对了,笃子,我们现在有多少存款?"

"三百万。"

"啊?就这么点儿?"

丈夫露出了震惊的表情,似乎瞬间就醒了酒,随后缓缓回过神来,换上了严肃的面孔。他果然把老婆当成随意变大变小的魔法棒了。

"章先生,像你这么大手大脚,钱就是会花完啊。"

"大手大脚?我都花什么钱了?"

笃子气得话都说不出来。她没想到这人竟对金钱如此迟钝。

"沙也加的婚礼和爸的葬礼墓地啊。"

"嗯,也对啊,也对。"

"也对什么啊。"

"反正钱都交给笃子了,你说是那就肯定没错。"

"你太相信我了。我听说世上还有妻子瞒着丈夫买貂皮大衣,四处花天酒地呢。"

"笃子大人绝不会做那种事。"

听他这戏谑的语气,要么现在还没意识到事态的严重性,要么就是在假装乐观。然而两人即使相处了这么多年,笃子还是看不透丈夫的内心。

"因为笃子大人是个大吝啬鬼,在金钱方面我可信任您了。"

这是在夸她吗?

"哦,是吗?您真是高看我了。"

现在后悔也来不及了,只能乐观向前看。丈夫还有八年才到领取养老金的六十五岁年限,在此之前他们必须想办法撑下去。

"我还算好了,毕竟还有三年就退休了。其他人更可怜,比如四十几岁的山内,他老婆是家庭主妇,孩子还在上幼儿园呢。"

说完,丈夫叹了口气,饮一口起泡酒继续道:"被裁员跟自主离职不一样,应该很快就能拿到失业保险。这也算一点安慰。"

丈夫在蒟蒻上均匀涂抹了一层黄芥辣,美美地吃了下去。"等到六十五岁还能领养老金……"

说到这里,他突然沉默了。

怎么了?笃子的目光对上了他。

"基础金的事情,真的很对不起。"丈夫朝她低下了头。

原来他一直很在意这件事吗?

大约七年前，在丈夫的诞生月，日本养老金机构给他寄来了"养老金定期联络"邮件。五十岁过后，每年都能收到这封记载了将来能够领取的养老金数额的邮件。丈夫的年金额度比电视节目做的年金问题特辑上看到的额度还要少。不过笃子很熟悉其中构造，并没有怎么在意。公司加入养老基础金项目时，基础金账户给出的数额并不小，而且那个数额不会体现在定期联络的邮件上。

"你们加入了基础金项目吧？"

笃子如此追问时，丈夫迅速躲开了她的目光。

丈夫四十多岁时，公司被竞争对手吞并了。与此同时，公司也退出了原本加入的基础金项目。当时公司告知，员工可以选择保留此前积攒的基础金，将来慢慢取用，也可以现在一次性取出。而丈夫竟然瞒着她，把基础金一次性全取了出来。后来笃子一问，那笔钱有五十万左右。因为这样，将来的年金额度骤然减少了许多。听说女员工没有一个选择一次性取出，而已婚的男员工大多瞒着妻子取了出来，然后拿去大吃大喝了。

得知这件事后，笃子大发雷霆，怒骂他怎么是个如此浅薄的男人。日本的养老金都是夫妻成对加入。也就是说,丈夫得到的养老金并不归丈夫一人所有,而是夫妻老后生活的基础。哪怕一次性取出的只有五十万,若是日后转化为养老金,也能膨胀不少。

老后的一万日元意义重大,跟工作时的一万日元天差地别。

现在区区一万日元连精品店橱窗里的连衣裙都买不到。可是,万一自己将来成了贫穷的老太婆呢?那时候的一万日元,能买多少块超市打折的枕头面包?能买多少盒鸡蛋?

"章先生,那件事就让它过去吧。"

听了她的话,丈夫惊讶地抬起头。

后来,笃子的想法发生了变化。一个大男人每月只有五万日元零花钱,里面还包括了午餐费,这会不会太少了?只有这点钱,人生会不会很无趣?不知从何时起,她产生了这样的想法。

"我不去上花艺课了。"

"为什么,那也不怎么花钱啊。"

"花这种东西本来就很奢侈,又不能拿来填饱肚子。"

"现在小学生的零花钱都比你花艺课的钱多。要是你不去了,跟皋月小姐的友情不也到此为止了吗?"

她没想到丈夫会如此反对。

——我连这种事都满足不了妻子。

她仿佛能听见丈夫内心的呐喊。如果退掉花艺课,丈夫可能会承受更严重的精神压力。她不应该再给他增添负担了。

"那我就承您贵言,继续去上了。"

说完,丈夫露出了高兴的笑容。

"不过笃子啊,你今天做了好多关东煮呢。"

"告诉你,这可是未来三天的伙食。"

她决定进一步控制伙食费。

"真好,我最喜欢关东煮了。"丈夫高兴地笑着说。

他果然有点转不过筋来。

笃子无奈地白了他一眼。

"我回来啦。"就在那时,门口传来了勇人的声音。

"你们两个怎么都笑眯眯的,有啥好事吗?"

"保密。"

她用笑容回答,勇人也露出了明媚的笑脸。

丈夫被裁员的事情还是别告诉孩子吧。勇人已经定下工作单位,学分也差不多拿够了,正是一帆风顺的时候。这恐怕是他自由自在享受人生的最快乐的时期。没必要让那张明媚的笑脸笼罩阴霾。

"难道中彩票了?"

勇人给自己盛了饭,走到餐桌旁坐下。

"怎么可能。我跟你爸只是在讨论老后的生活应该不成问题。"

尽管没有事先商量过,丈夫好像也不打算提自己被裁员的事情。

"那笃子小姐就不用再找工作了吧?反正也一把年纪了。"

勇人只知道笃子被解约的事情。

"那可不行,我还得赚点零花钱,出去旅行,买买新衣服呢。而且整天在家发呆老得更快哦。"

"那倒也是。不过你别太累着自己,最近眼睛周围都有皱纹了。"

"讨厌,你别说呀。"

家里充满了温馨的气氛,只可惜沙也加不在这里,让笃子感到了一丝寂寥。

自从公公的葬礼结束,她就没见过女儿。

"不如给沙也加打个电话吧。"

"嗯,你快打。"

因为丈夫催促,她便从围裙口袋里拿出了手机。

铃声响了几下,沙也加接了电话。

"你好。"

她的声音很死板。

"沙也加?"

"妈妈,好久不见了。"

女儿显然不怎么高兴。

"你还好吧? 偶尔也回家来看看呀。"

"嗯……也是啊。"

"让我也听听沙也加的声音。"丈夫说。

"沙也加,你爸说想听你的声音,我开免提啦。"

"嗯,可以啊。爸爸和勇人还好吧?"

"很好。勇人还是老样子,又能吃又能说。"

"现在早就不是男人沉默才更帅的年代了。"正在扒饭的勇人抬起头说。

"沙也加,我这段时间都在家里,你工作日白天也可以回来看看啊。"

"嗯,我想想……啊,对不起,琢磨先生回来了。"

话筒另一端传来一阵刺耳的声音,好像有人在不停按门铃。

"你怎么不用钥匙开门呢。"

沙也加的声音从听筒里清楚传了过来。

"又忘带钥匙了吗?"

就在那时,话筒里突然发出了"啪"的响声。

难道……沙也加被琢磨打耳光了?

丈夫和勇人都绷紧了身体,竖着耳朵倾听。

那头又传来了"哐当"一声巨响。

笃子脑中浮现出沙也加连同椅子被推倒的画面。

"喂?沙也加,你没事吧?"

她忍不住提高了音量。

下一个瞬间,电话挂断了。

她呆滞地把手机放在餐桌上。

"刚才那是怎么回事?"勇人放下筷子,声音有点沙哑,"姐夫不会在家暴吧?"

笃子被说中心中的担忧,看着勇人一句话都说不出来。

"怎么会?勇人跟笃子一样,太爱操心了。年轻男人难免有脾气上头的时候。"

丈夫可能为了安慰妻子和儿子,硬说了句没有道理的话。因为连他自己的表情都很僵硬。

连感觉迟钝的丈夫都明显联想到了琢磨的暴力,这让笃子内心更加不安。

"我可从来没对女孩子动过手,甚至完全无法想象。"

"你还是单身,不懂得夫妻相处的事情。我年轻时也会吼笃子,你说是不?"

"是……吗?"

她一点都不记得。丈夫固然有心情不好和低落的时候,可他从来没有大声说过话,至少不会因为她说一句"又忘带钥匙了吗"就大吼大叫,更不可能对她动手。

"我吃饱了。牛筋真好吃。"

勇人开朗的声音听起来特别假。

11

第二天,笃子送丈夫出门上班后,回到房间里躺了下来。

她实在太担心沙也加,昨晚几乎没睡着。

是她想太多了吗?那个貌似打耳光的声音和连人带椅子被推倒的声音,在她脑中反复重现。

应该是她想太多了。像琢磨那种性格安静的人,怎么会动粗呢?不,正因为不怎么说话才更可怕不是吗?他的确不是那种大大咧咧的性格。可是即便如此……

笃子脑中不断重复着一问一答。

"沙也加,你没事吧?"

她默念了这句话好多遍,不知不觉冒出了眼泪。

厨房传来烤箱的声音。应该是勇人起床了,正在做早饭。

然后，她又听到脚步声顺着走廊朝她房间靠近。

"笃子小姐，你还在睡吗？"

"醒着呢。"她边说边拖着身体起来，打开了房门。

"杏仁酱只剩一点儿了，我能全部涂在面包上吗？"

"涂吧。"

勇人平时不会为这点小事跑过来找她。

"我准备泡咖啡，你要喝吗？"

"嗯，谢谢。"

他有话想对她说吗？

笃子走出房间，来到起居室，马上闻到了咖啡的香气。

"今天我八点下班，然后马上回家。"

"为什么？"

"晚上我们俩去老姐的公寓看看吧。"

嗯，就这么办吧。

光坐在家里担心只会没完没了。

"那我们在车站碰头吧。"

丈夫今天要晚点回来。明明马上就要被裁员了，他却说"今晚是最后的忘年会"，显然很期待的样子。可能有很多被裁员的同事参加，他们相互有很多话说吧。

这件事还是别告诉他为好。一是不想让他担心，二是丈夫一插手事情就会变得很复杂。他在公司工作了这么多年，照理说应该比家庭主妇要深谙世事，可是丈夫这种生物总是莫名地脑子缺根筋。

这是为啥呢？

晚上九点多。

笃子跟勇人来到沙也加住的公寓楼下，抬头仰望。

阳台晾晒的衣物在风中摇摆，房间透出了灯光。这个时间还没收衣服，仿佛是个不祥的征兆，让两人呆立在原地。屋里会不会正在发生可怕的事情？一想到这里，她就心慌意乱。

她跟勇人来到一楼大厅，在门禁上输入房间号码，但是无人回应。

假装不在家？为什么？

这都晚上九点了。就算琢磨可能还没回来，沙也加应该也在家。

"我打电话看看。"

勇人拨通了沙也加的手机，无人接听。

就在此时，公寓门口的自动门开了，一个四十多岁的男人走了进来。他从邮箱里拿了一些邮件出来，显然是这栋楼的住户。

她忍不住跟勇人对视了一眼。只见住户从胸前拿出门卡，刷了一下读卡装置，通往居住区的自动门就开了。笃子和勇人若无其事地跟了进去。

他们在三楼走出电梯，来到沙也加夫妇的门前站定了。原来，铁门竟是如此冰冷的东西。她丝毫看不出门里是什么样子。

她按下门铃，没有回应。

勇人指着玄关旁边的小窗说："里面亮着灯，姐肯定在。"

就在这时，他们突然听见怒吼声，接着是什么东西摔碎的声音。

"沙也加，怎么了？！"

笃子忍不住大喊一声，开始用力拍门。

"姐，你快开门！"

"沙也加，把门打开！"

就在这时，隔壁的门打开了。

一个三十岁过半、面相温柔的女性看着笃子，微微颔首。

"出什么事了吗?"

"抱歉吵到你了。我是这家女住户的母亲,那个……怎么说呢,我有点担心女儿身体不舒服。"

"哦,您是她的母亲啊。"

说完,女邻居不知为何咻咻笑了几声。"我觉得您不用担心。"

"可是刚才里面传出了很大的声音……"

"经常这样。"

女邻居说完,朝她微笑一下,把门关上了。

"怎么回事?"笃子压低声音问勇人,"经常这样?她明知道邻居总被丈夫家暴,还能笑出来?"

"应该不会吧。"

"那到底是怎么回事?"

"我也不清楚,但是感觉她应该把这当成了夸张的夫妻吵架。"

下一个瞬间,沙也加把门打开了一条缝。

"你们怎么还在?"她皱着眉,不耐烦地说。

"你在家为什么不出来啊?"

说着,笃子顺着门缝飞快打量了沙也加的全身。

她穿着黑色高领毛衣和黑色紧身裤,怎么看都像是隐藏瘀青的装束。

"我现在有点忙。"

"忙什么呢?"

"总之你们能下次再来吗?今天先回去,好吗?"

"可是沙也加——"

"对不起,难得你们来一趟。"

说完,沙也加就要关门。笃子迅速抓住门把手,用力往反方向拉。

就在那时,她被勇人拉开了。

"笃子小姐,今天我们先回去吧。"

为什么?她用目光询问儿子,勇人只是点了点头。

他应该是有什么想法。她不得已松开了手,房门马上关闭,紧接着毫不客气的锁门声响彻了走廊。

离开公寓后,母子俩走进了对面的咖啡厅。

"我想看看房间里面。"

通过房间的状态,轻易就能看透生活的实质。那里面应该有多年的家庭主妇用直觉就能发现的线索。

"笃子小姐,我认为洗脑不是这么容易就能解开的。"

"洗脑?"

"家暴男的妻子都被洗脑了。电视剧不也是这么演的吗?"

这下她想起来了。家暴男心情好的时候可谓模范丈夫,还会哭着为自己的暴力行为道歉。而且,他们还很擅长让妻子认为是自己不够好才挨打。

"如果沙也加继续现在这样的生活,精神肯定会崩溃。"

"心急吃不了热豆腐。"

"你说这个也……"

她很想尽快把女儿带回去,一点都坐不住。

"我们最好先回去想好对策。如果你把她硬拽回去,肯定会让事情变得更麻烦。"

"可是沙也加……"

"笃子小姐,你坐下来,冷静冷静。"

原来她无意中站起来了。

"那部电视剧不也是这么演的嘛,女方家庭一插手,反倒把水搅浑了。"

"是啊,也对。我们得先解除沙也加的洗脑。"

"电视剧算是大团圆结局,但我认为现实应该更残酷。"

"什么意思?"

"她有可能仇视自己的家庭,再也不回头。"

"这……这不行,我绝对要把沙也加带回来。"

她心中翻滚着对琢磨的仇恨。那小子竟敢对力量弱小的女人使用暴力。笃子从小就不能原谅那些欺凌弱者的人。

"等我住进公司宿舍,房间就会空出来,这样正好。"

勇人故意打破了沉痛的气氛。

"嗯,是啊。没错,你说得对。"

为了切换情绪,她用力做起了深呼吸。只要心情抑郁,她就会便秘,而现在不是搞坏身体的时候。她这个做母亲的,不靠谱怎么行?她必须坚信未来是光明的,必须保持坚强。

如果沙也加过段时间住回来,她还会继续在杂货店打工吗?从高中开始,店主母女就很喜欢沙也加,那边可能也愿意雇她。可是考虑到今后,还是应该让她找一份正经工作吧。如此一来,就要供沙也加去上学艺班。

学费……她根本出不起。

啊，多么狼狈。

与之相比，皋月的孩子们都那么独立。长子知行当上了从小就憧憬的消防员，长女叶月在牙科医院当口腔卫生师，次女睦月也是个护士。三个孩子今后肯定都能度过稳定的人生。

皋月的三个孩子从小学到高中都是上公立学校。他们既没有上过补习班，也没有花钱学过特长。叶月和睦月跟着奶奶免费学过三味线和传统鼓、笛，知行从小学阶段就沉迷踢足球，没花时间学特长。

勇人明年春天就会到大企业工作。因为那家公司只招名校毕业生，所以供他上大学是有意义的。可是沙也加呢？她在沙也加身上花了多少教育费？从小学到高中，她一直给沙也加报补习班，特长也学了不少。如果她也像皋月那样明智地打理自己的生活，现在能存下多少钱呢？

现在想这个没有用。她很清楚。

可是……

各种各样的回忆不断在脑中盘旋，让她后悔不已。可她迟迟无法打断自己的思考。

沙也加的婚礼费用、蜜月旅行和新房费用到头来全都打水漂了。要是两人离婚，最好连婚礼的回忆都不要留下。如果是更简单的家庭婚礼，离婚后的心情多少也会轻松一些吧。

公公的葬礼费用对平民百姓来说也太离谱了。每次想到墓地的事情，她就气不打一处来。不同姓怎么了？说是和栗堂先祖代代的墓地，可是在婆婆这个独生女结婚那一刻起，就没有人继承栗田的姓了。要是勇人不生孩子，连后藤家也算绝了后。唉，真不应该给公公另开一方墓。

说到底，人类真的需要墓地吗？

"笃子小姐，你的咖啡要冷了。"

她猛地回过神来，发现勇人正担心地看着自己。她意识到自己一动不动、表情阴暗地盯着窗外看了很长时间。

两人沉闷地离开咖啡厅，在夜幕中走向车站。

"唉，不会吧？"

勇人突然停下脚步，指着沙也加的住处。

"笃子小姐，你看老姐的屋子。"

"呃……"沙也加的屋子在哪？实在太暗了，她看不清楚。

一、二、三楼的……左起一、二、三、四,第五间房……

那间房的阳台上有个人影,有人在收衣服。

"那人是琢磨哥吧。"

"……真的是。"

"什么嘛,那人还挺顾家。"

她简直难以置信。

"这种人就是会偶尔表现得很贴心。"

"姐姐肯定轻易就被骗了。"

"她会误以为愿意做那种事的其实都是好人。"

"对啊。寺冈彻每次使用暴力之后都会哭着忏悔,然后像变了个人一样温柔。"

寺冈彻是电视剧里那个演家暴男的演员。

"沙也加,人家收个衣服就能骗到你,你到底怎么回事啊。"

明知道女儿听不见,她还是忍不住说出口。

"如果要老姐离婚,得把她挨揍的伤痕拍下来当证据。"

"对啊。可是她本人必须觉醒,才有可能拍照。"

"明天我打工回来去书店一趟,找找有没有解除洗脑的书。"

"嗯,你去看看吧。咱俩研究研究。"

为了女儿,她已经做好了奋战到底的准备。

我不会输,就算豁出这条命,我也要保护女儿。

做出决定之后,笃子感到全身充满了力量。

12

圣诞玫瑰和一品红……

太失望了,这太大众化了。平时那种让人怀念昭和年代的花卉到哪儿去了?她从车站走过来的路上,心里还在琢磨冬季的花卉应该首选卡特兰,也可以是洋水仙……

话说回来,沙也加好像不喜欢圣诞玫瑰。

她心里突然涌出强烈的担忧和怜悯。

为了平复心情,她连忙从包里拿出水瓶,喝了好几口。

后来她又打了好几次电话,沙也加一次都没接。给她发信息倒是会回复,然而都很简短,看不出什么。正当她找不到突破口,心里越来越焦急的时候,勇人买了几本《如何逃离家暴丈夫》之类的书回来,于是两人轮流看了一遍。然而书上写的全是救援组织和避难所的介绍,要么就是如何到警察局和政府住民课寻求帮助,唯独没有提到最关键的事情——如何让本人清醒过来。

"你想什么时候回来都行哦。"

好不容易打通电话时,笃子斩钉截铁地说。

是否有一个能够回去的地方,这种安全感的有无会造成很大差别。笃子希望女儿在绝望之时能够想起这句话。这是她由衷的告白。

"我现在没时间回娘家,很忙的。"

"不是那个意思。我是说,要是你觉得烦了,大可以回家里住。"

"哈?你说啥呢?叫我离婚吗?"

"我只是……打个比方。"

"真无聊。我很累,先挂了。"

女儿烦躁的声音至今仍萦绕在脑海中。

她看向城崎,花艺老师好像已经做好了插花范本,正在从各个角度检查作品。

"你每次都是第一个来。"

"是的,今天也辛苦您了。"

"也请你多多关照哦。"

城崎微笑的面庞似乎非常憔悴。

她像往常一样坐在最后排，摊开报纸，从包里拿出插花用的剪刀，做好上课准备。同时，她还不忘偷偷看上城崎几眼。

果然有点奇怪。她顶着黑眼圈，脸颊也凹陷下去了。

其他女学员纷纷打开前门走了进来。

"老师好。"

"请多关照。"

每次有人打招呼，城崎都会微笑着回应。可是她的笑容似乎很勉强，有点强撑的感觉。

几个学生分好花以后，城崎开始解释插花的要点。她的发言跟往常不同，开始和结束都很平淡。如果换作以前，她会像旧时的女明星一样笑容满面，再用一两句俏皮话逗学生发笑。

上完课，笃子一边收拾，一边问皋月："今天去哪儿？"虽说她在节约，但始终无法放弃每月一次跟皋月喝茶的时间。考虑到这个约会能够排解压力，一点咖啡钱堪称非常实惠了。

"笃子姐，不如我们偶尔也去探探店吧，感觉最近都没什么新鲜感。"

皋月把花瓶里抽出的花卷在报纸里,边忙边说。

今天她本打算到车站门口的连锁咖啡店,或是快餐店去坐坐。因为花费越少越好。

"比如什么样的店?牛郎店?"

她开了句玩笑,皋月当场喷了出来。"我对那种店一点兴趣都没有,再说也没钱啊。"

"我也是。"

两人正在说笑,最近才开始来上课的谷山美乃留走过来搭话了。

"两位要去喝茶吗?能否算我一个?"

她可能还没跟别人混熟吧。这个花艺班的学生年龄覆盖三十几岁到七十几岁,大家自然而然地会跟自己的同龄人组成小圈子。她可能认为笃子和皋月跟自己年龄最相近。

"可以啊,你说呢?"

皋月转头问笃子。

"嗯,当然可以。"

"太好了。我刚来,还什么都不懂,希望两位能多教教我。"

"我们正发愁要去哪里呢。"

"不如去喝英式下午茶吧?"美乃留提议道。

美乃留下身穿着米色长裤,用大地色上衣搭配,显得优雅大方。再加上她身材高挑,更衬得气质十足。

"英式下午茶?那是啥?"皋月问。

"啊,你不知道吗?"

美乃留看起来真的很震惊。

"我也不知道。"笃子毫不隐瞒地说。

"英式下午茶就是在三层点心盘上摆满了蛋糕、三明治和司康饼等点心,用来配茶喝。因为茶可以随意续杯,坐的时间比普通咖啡厅更久。"

"哦,挺有意思的。我今早只吃了一片吐司,正好肚子有点饿。笃子姐,你觉得呢?"

"我嘛……"

她觉得这种肯定会很贵。然而毫无理由地拒绝却也不好。

"嗯,好啊。都这个岁数了,得注意别跟时代脱节。"

其实这也是真心话。同样是花钱,去体验以前没见过的新鲜事物当然更有意义。

三人穿着拖鞋，啪嗒啪嗒地走下了公民馆宽敞的楼梯。

"我结婚后一直是家庭主妇，还没有孩子，请多指教。"

美乃留一口气说完，低头行了个礼。

"也请你多指教。我叫后藤笃子。"

如果换作以前，她还会报上自己的工作，因为她不希望别人把自己当成轻松的主妇。不过，她现在真的是彻头彻尾的家庭主妇了。

"我叫神田皋月。"

皋月可能判断美乃留比自己小，就没用敬语。

"家里是开烘焙店的，欢迎光顾哦。"

说完，皋月露出了灿烂的笑容。虽然看起来很自然，但那显然是她的职业笑容。

三人来到停车场，停在一辆与朴素的公民馆格格不入的捷豹面前。美乃留把遥控车钥匙伸向那辆车，门锁应声而开。

——看来这是个有钱人。

笃子不由自主地跟皋月交换了眼色。皋月似乎听见了笃子的心声，微微点了一下头。

"两位请上车。"

美乃留走向驾驶位,笃子忍不住仔细观察了她的背影。她的衣服、包包、鞋子看起来都很高档。

开了十分钟,捷豹悄无声息地驶入了某知名酒店的地下停车场。

唉,不会吧?要在这里喝茶?笃子还以为顶多是高档咖啡厅或是百货商店的餐饮区,并且连那些地方对她来说都过于奢侈了。

她们乘坐电梯到了最顶层。

"好久没来这种地方了。我们穿成这样真的没问题吗?"

皋月说的话不无道理,因为放眼望去,店里全是打扮精致的女性。

"没关系的。"美乃留游刃有余地微笑道。

"好在我今天的牛仔裤是黑色而不是蓝色的。"皋月还是很在意。

服务生拿来了菜单,分别递给她们三人。

"哇,这个英式下午茶竟然要三千八百日元吗?"皋月看了一眼菜单,瞪大眼睛说。

"有点贵吗?真对不起。"美乃留不好意思地说。

"这里的咖啡多少钱?"

笃子说着翻开了菜单。她决定假装自己不饿,只点饮料。

"咖啡是一千二百日元。"美乃留马上回答了她,"如果点英式下午茶,饮料是免费的。"

"那我还是英式下午茶吧。"皋月说着,合上了菜单。

"嗯……我也点那个吧。"

没办法,她觉得为一杯咖啡付一千二百日元太离谱了。而且现在节省了下午茶与一杯咖啡的两千六百日元差价又能如何?他们养老还要六千万呢。

丈夫还担心她退掉花艺课会失去朋友,现在看来可能失去了更好。因为眼前这两个人显得莫名幸福。她万万没想到,跟不愁钱的人喝茶竟会造成如此巨大的精神压力。

最先上的是饮品。她们三个第一杯都点了拿铁。

"真好喝。"皋月说着看了过来,似乎在寻求赞同。

"真的,跟街上咖啡店里的味道完全不一样。"笃子如实道出了感想。

"能听见两位这样说,真是太好了。"美乃留显然松了口气。

"如果拿铁这么好喝,那我还想试试别的。"皋月开心地说。

"是啊,我们多点点饮品吧,反正喝多少都是一样的价钱。"

美乃留这番话与她贵妇人的气质很不相称。她可能敏感地察觉到其余两人并不像自己一样有钱,故意说这种话来照顾她们的心情。

放着各式蛋糕和三明治的三层点心架也端了上来。

"哇,太豪华了。"皋月感叹道。

店员离开后,皋月立刻塞了一块三明治,同时说:"笃子姐,你不觉得城崎老师今天很奇怪吗?"

"皋月也发现了?"

既然两人都有相同的感觉,那应该不是错觉。

"我觉得老师应该是累了。"美乃留插嘴道,"因为她同时教好几个班。"

"美乃留小姐跟城崎老师很熟吗?"皋月问。

"嗯,我母亲跟城崎老师是好朋友。也是母亲推荐我来上这个课的。"

"哦,是吗?不过好意外啊。我看城崎老师总是那么优雅,根本没想到她会同时教好几个班。"

笃子也有同感。她还以为城崎当讲师只是出于兴趣,工作做得很悠闲自在。

"母亲说,城崎老师是个特别努力的人。"美乃留继续道,"她原本就是插花老师,七十多岁了还努力学习,把花艺的资格也考了。"

听美乃留说,城崎的丈夫在银座经营一家画廊,家中独子还是东大毕业的。

"画廊?什么嘛,果然过得悠闲自在。不过她这个岁数了还如此努力,真是了不起。"皋月先是感叹了一番,然后又问,"画廊有那么赚钱吗?"

"我也不知道。"美乃留淡淡地回应道。

"画廊的收入肯定很多,看城崎老师的衣着就知道了。"皋月开始自圆其说。

听着这两人的对话,笃子恨不得捂住耳朵。她再也不想听有钱人城崎老师的话题了。

世界真不公平。

她这辈子明明也过得认真刻苦……

就在这时,她突然发现皋月和美乃留都在偷瞥自己。可能她一直没说话,让两人起了疑心。

——怎么了？看来今天不只是城崎老师，连笃子姐都很不在状态啊。

要是被皋月这样问就麻烦了，她也得开口说两句。可还没等她开口——

"笃子姐，你是不是胖了点啊？"

皋月说完，美乃留也不动声色地瞥了一眼笃子脸庞到下颚的曲线。她啥也没说，想必是赞同皋月的观点。

"最近零食吃得有点多。"

笃子回答完，突然陷入深深的绝望。

太没出息了，不仅陷入贫困，还长胖了。而且胖得连他人都能察觉出来，真丢人。

她向来一有压力就管不住嘴，虽然吃了东西也无法消除对未来的不安。

"好羡慕你们两个都那么苗条啊。"

"因为我很爱运动。"美乃留回答道。她说自己几乎每天都要去健身房，而且从小就擅长运动，高中时还在国体参加过新体操表演。

"哇，好厉害。"皋月又认真打量了一会儿她全身紧实的线条。

"不久前有个老朋友找我倾诉，说她想离婚。"

美乃留突然说了句不相关的话，然后端起刚送来的红茶喝了一口。

这个话题转换得太突然，笃子感到奇怪，就看了一眼美乃留，发现她垂眼盯着茶杯，压根不看笃子。她应该能用余光感觉到自己的视线才对啊。

美乃留说这是她朋友的事，其实说不定就是她自己。

"为什么想离婚？"皋月直白地问。

"直接原因是她丈夫在公司乱搞，不过他们夫妻好像一直都关系不好。"

"夫人有工作吗？"

"是家庭主妇。"

笃子觉得这应该就是美乃留自己，便默不作声地继续听她们说话。

"如果没工作，离了婚不就活不下去啦？"

"应该不会。"

"为什么？"

"因为根本不会离了婚就活不下去。"

听了美乃留的话，笃子忍不住插嘴道："为什么？"

"至少我身边的朋友都没有在过那种不稳定的生活。因为她们结婚时，都会从父亲那里拿到股份和土地。我朋友都这样。"

说着,美乃留夹起一个蛋糕放到了自己的碟子上。

"原来如此,是这么回事啊。千金小姐果然不一样。"皋月看向了窗外。

看皋月的侧脸,仿佛在说这跟她的生活圈子完全没关系,就像另一个世界的事情。

"一般不都这样吗?为了保证女儿将来无论怎么样都不会沦落得太惨,父母都会考虑这些吧?"

"美乃留小姐觉得普通人都那样吗?"

"对啊,当然。因为我身边的人都这样。"

"莫非你父亲是开公司的?"皋月问。

"对,他在港区经营一家小型贸易公司。"

美乃留淡淡地回答,丝毫没有炫耀的感觉。

从她的话里可以推断,美乃留的父亲在市中心有一栋六层楼房,有钱又有地位。她自己是三姐妹中的老二,姐妹三人从小学到大学都是读的东和女子学院。

原来每个人对"普通"的概念,竟会如此不同。

"今天真是学到不少,没有白来啊。"笃子不自觉地嘟哝道。

"就是,我也学到不少。"皋月用力点头道。

不过下次她还是想跟皋月两个人喝茶。如果美乃留还像今天这样跟过来,她想干脆退掉花艺课算了。毕竟一看到美乃留,她就愈发觉得自己很没出息。

笃子想着,夹了一个贵得离谱的司康饼到碟子里。

回家后,她马上把花装饰在了门口。

"好吧。"

她在没人的家里自言自语,随后坐到了餐厅椅子上。

最近她一直在考虑沙也加今后的人生。让她像皋月的两个女儿一样,考个能直接关联工作的资质最保险。为此,沙也加就必须去上专科学校。

可是,女儿已经二十八岁了。如果她能自己白天工作晚上上课,那是最好的选择,因为这样不会让她觉得自己一把年纪了还要靠父母照顾。不过,事情能这么顺利吗?如果不给予资金援助,恐怕会很艰难吧?不管怎么说,为了保险起见,她必须想尽办法节约,先存一笔钱出来。

把租用拖把[①]停掉吧。

[①] 以租用的形式使用拖把,缴纳一定费用后每月更换新配件,无需特殊保养。

没必要专门跟丈夫商量,那只会让他心情不好。

笃子拨打了免费热线。

"你好,我这个月底想解约。"

"请问您因为什么要解约呢?"

她说出了事先想好的谎话。"我要搬家。"

"本公司在日本全境都有分店,可以将您的服务转到其他分店继续。"

"我想搬家后重新找。"

"可是您这样还要重新办理银行代扣等麻烦的手续,如果方便的话,这边可以给您介绍离搬家地点近的分店。"

你才麻烦。

"我难道不能自由决定吗?"

她忍不住加大了音量。

对方可能吃了一惊,出现片刻沉默。

"不,不是那个意思……那我这就帮您办理解约手续。"

早这样不就完事了。

最近她好像越来越暴躁了。

接着,她又拨了报纸订阅站的电话。

"我不订报纸了。"

"请问您从什么时候开始取消呢?"

她刚想说下个月,随即想起报纸不需要按月计算。以前放长假出去旅行时,家里就取消过那几天的报纸。而且后来结算时,也没有收那几天的钱。那就是说……

"我想从明天的早报开始取消。"她大胆地提出。

"好的,我知道了。"

对方答应得如此干脆,早已做好心理准备的笃子反倒有点反应不过来。

还能节约什么东西……

她抱着胳膊,环视整个起居室。

几天前,丈夫意外干脆地同意了卖车的事情。从好几年前起,他们就只有休息日上超市采购会用到车。由于那辆车买了很长时间,别说卖钱,搞不好还要倒贴报废的费用,但能把每月一万五的停车场使用费省下来已经很好了。而且,今后再也不用缴纳油钱和重量税之类的税金,还有车检费用。

她感觉,卖车就像给两夫妻的生活画上了阶段性的句号。孩子还小的时候,他们买了这辆大箱型汽车,开着它去看了好多大山大海。

笃子想,他们正式结束了育儿时代,目前正在迎来老年期。

13

春寒料峭,每天的气温还很低。

勇人三月下旬搬进了公司宿舍,丈夫三月三十一日正式失业。

笃子提着垃圾走向公寓的垃圾站。最近家里的垃圾骤然减少了许多。可能因为她开始坚持不浪费一片菜叶,因此厨余垃圾大大减少。

她把垃圾袋扔进了大箱子里。就在那时——

"我说,你家先生是不是身体不舒服呀?"背后突然传来声音。

她回过头,发现是住在同一层的主妇。她跟笃子的母亲差不多大。

"他没有身体不舒服啊。"

"我看他这周一直都没出门上班呢。"

"啊?"

她一时间不知说什么好,此时又有一个戴眼镜的主妇提着垃圾袋走了过来。

"是不是身体不舒服啊?"

"不,他在休假。"

"可现在不是年尾年中啊,为什么休假?"

"为什么……那是公司给的福利。三十年工龄的。"

她临时编造了一个谎言。

"原来是这样啊。"

"哎呀,真好。"

两名主妇对视一眼,她们脸上的笑容似乎带着怀疑。

"难怪啊,我看你家先生今天穿着便装,明明是工作日却十点多才出门,还觉得有点奇怪呢。"

"我们可担心了。"

丈夫今天出门是为了申请失业保险和找工作。

"你们怎么知道我家先生没上班?"

"我家不是住角落嘛,窗户正好能看见公寓大门。"

"你这人真是的,每天早晨都要检查住户的出勤情况。"

"话不能这么说呀,搞得我好像多事的老太婆一样。"

"哎,你不就是吗。"

"才不是。我啊,是在监视有没有可疑人员进来。"

"可疑人员?有过吗?"

"最近楼里空房变多了,小心点是好事。"

趁两名主妇闲聊,笃子微微颔首,默不作声地离开了。

下午,丈夫回来了。单看表情就知道他没找到工作。

她正泡茶,丈夫走了过来。

"笃子,你怎么了,一脸不高兴的样子。"

"是吗?我看上去很不高兴吗?"

她想用笑容回应,可就是笑不出来。

"是这样的……"

她把今天扔垃圾时发生的事说了一遍。

如果放在以前,她肯定不会说。因为她知道说了会让丈夫更消沉。可是最近她一个人承受了太多,感觉已经达到了极限。她很担心将来。而且为了瞒过那些大嘴巴的主妇,她也要丈夫配合表演。所以,还是把一切毫不保留地说出来最好。

"是吗,人际关系真够烦人的。"

她本以为只在圈子狭小的乡村才会有这么麻烦的人际关系，没想到身在都市，一旦跟街坊邻居熟了，也会变成这个样子。要是让她们知道两夫妻都被裁员了，那些整天无所事事寻找谈资的女人一定会高兴得像过年一样。这种时候，她就会觉得连邻居姓名来历都不清楚的淡薄都市生活反倒更惬意。

"章先生，你也挺消沉啊。"

"嗯，还好吧。"丈夫喝了一口热茶，"今天去职介中心，一个年轻女职员给我介绍了雇佣保险。至少给我安排个年龄大点的也好啊。"

被一个没什么人生阅历的人居高临下地指导，那种感觉恐怕不太好吧。

现在职介中心的感觉也变了很多。笃子三十年前经常上那里去，那时她正好结婚怀上了沙也加，辞去了以前的工作。当时也跟现在一样，必须向中心汇报自己做了什么求职活动，去了什么面试。因为失业保险只支付给正在进行求职活动的人，然而那都只是表面功夫罢了。当时哪怕是退休或怀孕辞职，压根没打算找下一份工作的人，也能面不改色地去申请失业补助。

不过，这次久违地到职介中心一看，那里已经大变样了。

——一味对工作挑三拣四的人将不被认定为失业人员。

解说员出示的幻灯片上,放了一张看起来很高傲的职业女性的图片,旁边还有一张穿着睡衣边笑边看电视的男性插画。也就是说,职介中心眼中的失业人员,单指那些不多做选择,拼命找工作的人。

"职介中心提供的招聘信息月薪都只有十五万左右,从早到晚干一个月只能拿这么点钱,哪能有干劲啊。所以我想花点时间慢慢找,不想急着定下来。"

她有点担心,如果丈夫对职介中心的人这样说,对方可能认为他"对工作挑三拣四,其实没有认真找工作的态度"。

就在那时,她突然想起了天马。

天马是丈夫以前的同事。他能不能介绍个工作呢?

然而她认为提起天马丈夫必然会震怒,就没有开口。

14

樱花已经散尽,最近总算暖和起来了。

那天,丈夫匆匆忙忙地出门去参加老同事的信息交换会了。

他说约定的地点是新宿的居酒屋,说白了就是互相吐苦水的聚会。尽管那些人都在辛苦找工作,不过毕竟不是主动离职,很快就申请到了失业保险。也因为这样,他们的心理压力应该不会太大。

笃子吃完晚饭,正一个人喝茶,突然接到了植田铃与的电话。她每年都会给笃子打几次电话,自从学会用连我①的免费语音通话后,每次的通话时长就变得很长。

"小铃,好久不见了。"

---

① 一款即时通讯软件。

今天恐怕也会聊很长时间。她把手机按在耳朵边，走进卧室坐在床上，靠着墙壁摆了个舒服的姿势。

她跟铃与是小学到高中的同学。高中毕业后，她上了东京的大学，铃与则考了当地的短大。即便如此，年尾年中放假回家时，两人还是会聚在一起聊天。但是等到她们都生了孩子，就因为忙碌而渐渐疏远了。不过，她们还是会互相寄贺年卡，或者像今晚这样，隔段时间打个电话过来。

"笃子过得还不错吧？"

"嗯，还可以。小铃呢？"

"我还是老样子。对了，我准备到东京去玩玩。"

她的语气有些犹豫。这都第几次了？

想来就来呀。

笃子险些说出了口。

东京又不是我一个人的，你可以随便来呀。

她很想这样说。不过对方是想住在她家，再由她带着到处去玩儿。而且特意花这么多钱乘新干线过来，肯定不会只住一晚上。搞不好要三四个晚上，或是如果笃子方便，想干脆住上一周。

上大学时，她在出租屋里收留过铃与。因为大学的暑假很长，她还带铃与到处玩过。或许，她期待的是重复那时的体验吧。

要是她明确提出"请让我住你家"就麻烦了。于是笃子换了个话题。

"我跟你说，我女儿结婚了。"

"恭喜啊。你今年在贺年卡上也提到了呢。"

"是啊。他们在麻布寿园办了婚礼，然后在岐阜也办了。"

她心里盘算着，这种小事说给家乡的朋友应该没什么大碍。

乡下向来都是什么小事都能传得尽人皆知，而且她感觉这几年越来越厉害了。可能是老龄人口不断增加的缘故。说白了，就是闲人越来越多。她母亲以前明明不怎么喜欢社交，最近也总是跟一群亲戚或邻居聚在一起喝茶聊天。年轻人都忙着工作或是育儿，没什么时间说别人的闲话，不过她老家六十五岁以上的人口已经占到了三分之一。而且，不满六十五岁的人也有很多已经五十多岁了。

她跟铃与是好朋友，但不知从何时起，笃子开始对她心怀戒备。因为她总对笃子说其他同学的闲话。

比如谁的老公创业失败,现在饭都吃不起;谁家女儿想当歌星,去了大城市,其实当了陪酒女。那些闲话都难辨真伪,铃与却说得好像亲眼看见了一样,让她听得很烦躁。

如果各自在不同的环境慢慢变老,或许就再也回不到十几岁的纯洁友谊了。当然,笃子自己也会有改变。她丝毫不打算把自己想象成圣人,但就是忍不住觉得铃与变得越来越庸俗。或者说,她原本就是那样的人?

要是让铃与住在家里,她回老家去指不定会说什么。

"笃子家比我想象的小多了。要是我肯定不愿住那种地方。她老公?嗐,感觉很普通。"

如果骗她丈夫在家是单位给的三十年工龄福利,笃子自己会很不自在,再说也对不起丈夫。就算能瞒过平时顶多在公寓大堂打个照面的家庭主妇,感觉敏锐的铃与在这里住上几天,说不定会看穿她的谎言。到时候,更不知道她会在老家说什么了。

嗯?

她对自己脑中飞快闪过的想法感到愕然。她原来压根没有察觉到,自己似乎早就没把铃与当成好朋友,甚至完全不信任她了。

"好厉害呀。我在杂志上看过,麻布寿园特豪华吧。笃子你真有钱。"

"并不是。都怪亲家是那种注重形式的人,我觉得讨厌死了。小铃你也知道,我在不爱慕虚荣的家庭长大,所以直到最后都接受不了他们把婚礼办得那么大。"

"哈?你在不爱慕虚荣的家庭长大?笃子,你说真的吗?"

听筒里传来对着话筒吹气的杂音。

难道她刚才嗤笑了?

"我到现在还记得成人典礼的事情呢。"

笃子噘起了嘴。这人一点都不像平时语气温和的铃与。

"当时只有笃子和豆畑没穿振袖和服。"

她的话语里似乎带着一丝怒气,这也是笃子的错觉吗?

"嗯,我记得啊,只有我和豆畑穿了西装。那又如何?"

是她对母亲说不需要振袖,因为穿的机会太少,太浪费了。既然要买,还不如买可以反复穿的西装。不过振袖和服比西装贵多了,所以她又要求家里批准她那年暑假到澳大利亚寄宿游学,把该花的钱都为她花掉。

"你觉得镇上有哪个人不知道笃子是住在大宅子里的老牌大户人家的千金小姐吗?"

铃与到底在说啥?话题突然变了吗?

"有哪个同年级的不知道笃子家以前是家老①的血统?"

"我……不知道。"

"你在开玩笑吗?你看看自己家是不是黑围墙里的威风大宅子?无论是谁,只消看一眼就知道那是历史悠久的大家系啊。"

那又如何?她不明白铃与想表达什么。

"我跟你说啊,笃子,街坊邻居,还有学校同学,都知道你是大户人家的千金小姐。所以你才没必要刻意死撑。"

---

① 家老一般指极受大名依赖的重臣等。

"你怎么……"

"咱们平民老百姓住在那种到处充满流言蜚语的小镇里,不死撑着场面,能活下去吗?要是穿西装去参加仪式,霎时间所有人都会知道这人家里穷得连振袖都买不起。连你在内,镇上敢光明正大穿西装去成人仪式的同学,拢共也就两三个。我那天是跟表姐借的振袖,可是豆畑家里亲戚都很穷,没人借给她。不对,豆畑自己就有两个姐姐。她跟笃子不一样,穿西装出席时觉得自己可丢人了。就连那身西装,搞不好也是借来的。你没看她肩膀那边皱巴巴的吗,那是廉价面料缩水啦。跟她相比,笃子的西装一看就是好料,而且那时候都没什么女式西装会含安哥拉羊毛或者开司米成分。"

笃子无言以对。

"笃子,你穿西装出席,是不是特骄傲?"

"不会啊……"

"那天阿猫阿狗都穿振袖,就你一脸自命不凡的表情。"

她说对了。

"所以说,笃子你啊……"

铃与顿了顿,笃子隔着手机听见了她用力吸气的声音。

"比谁都爱慕虚荣。"

笃子一句话都反驳不了。

那不可能。

不……被铃与这么一说,好像有点道理。

因为她刚刚才想过,不能让铃与住在家里。

如果她家庭富裕,住在市中心的高级公寓里,情况又会如何?如果她丈夫是医生律师,一看就知性诚恳,对谁都和蔼可亲,而且长得很帅呢?她可能会说"别客气,住下来吧",而且让她爱住多久住多久。

"笃子,对不起。我可能说得过分了。"

"完全不会。"

她随口就说出了假话。

她已经跟年轻时不一样,能够随时用场面话应付别人了。然而,那只是她越来越擅长假装宽容,其实随着年龄增长,她的心胸变得越来越狭窄。

"那都是过去的事了,不过笃子娘家那座房子的确到现在还威风凛凛。"

她仿佛看到了电话那头的铃与露出坏笑。

此前，兄长所在的公司受到雷曼冲击倒闭，其后，他们两夫妻就离开东京，回到老家生活。莫非铃与在揶揄这件事吗？

兄长上的是国立大学，现在却在当小货车司机，给个人用户运送食材。嫂子跟兄长来自同一所大学，目前在机械零件的工厂做工。两人都说现在的工作不用加班，自己非常满意。兄长年轻时就喜欢开车，原本是 IT 技术员的嫂子也笑着说："干活不用动脑子挺开心的。"下班后，两人还会开个面向初中生的补习班。连父母都丝毫不认为兄长从事体力劳动丢人。

"拼命劳动也是一种美。"

去年过年回乡时，父亲这样对她说。

他们应该不是爱慕虚荣的家庭。

笃子很想这样说，但感觉面对已经不能心灵相通的朋友，说得越多就越像辩解。为了解开误会而仔细说明吧，她也嫌麻烦。

就在那时，玄关传来了开门声。

她举着手机出屋一看，发现勇人拎着一个蛋糕盒放在鞋柜上，正忙着换鞋。

"今晚我在家住。我用第一份工资给笃子小姐买了水果挞。"勇人微笑着说。

"小铃,对不起,我儿子刚回家,下次再聊吧。谢谢你打电话给我。"

她挂掉了电话。

"老爸呢?"

"出去聚会。"

"老姐后来说什么没?"

勇人边问边在厨房泡了红茶。

"啥也没说。我会不时过去看看。"

有好几次,一想到女儿可能正在被琢磨痛打……她就怎么都坐不住,忍不住跑到沙也加住的地方。

可是,沙也加每次都一脸不耐烦,还装出一副无事发生的样子。

看来女儿已经被彻底洗脑了。该如何把女儿救出来?她越想越没有头绪。

"姐姐可能觉得对不起父母,才无法提出离婚。"

两人坐在餐桌旁,分了勇人买来的水果挞。

"她为啥要觉得对不起啊。"

"因为结婚时花了你们一大笔钱。"

"钱根本不重要啊。"

"不如骗她说老爸或者笃子小姐生病受伤,命不久矣,把她叫到家里来?"

"然后呢?"

"全家人一块儿说服她。只要一直把老姐关在家里,直到解除她的洗脑就好。"

"这主意不错。"

"对吧?笃子小姐,你想想日程,我也来帮忙。"

"嗯,好的。"

她的胃开始抽痛。

不过勇人用第一笔工资给她买了点心,她不能不吃。

于是她把大块的分给勇人,给自己切了一小块。

丈夫和勇人应该都睡熟了。

她关掉电视,家里变得无比安静。

时钟已经指向子夜两点。最近她晚上一直睡不着觉,最后演变成百无聊赖地看无聊电视节目看到很晚。

家里一安静下来,她就突然感到不安。

于是她再次打开了电视机。深夜谈话节目的嘉宾是个跟她同龄的女演员。自从她初中出道,笃子就一直能在电视上看到她。神奇的是,无论过了多少年,她都那么年轻,看起来根本不像笃子的同龄人。

"我每年都要体检。"女演员回答。

"毕竟现在已经是早期发现癌症有可能治愈的时代了。"

你这么想长命百岁吗?

她心里对女演员发出提问。

我可一点都不想,因为没有钱的老年生涯太可怕了。只有经济宽裕的人才想长命百岁。

其实……你也跟我一样吧?

我不想长命百岁,因为最近电视剧和电影都不怎么找我了,我感到很困窘。这种话在电视上肯定说不出来。

"所以说,笃子你啊……"

同学铃与的声音突然在耳边重现。

"比谁都爱慕虚荣。"

"没错,我就是爱慕虚荣,那又怎么样?不行吗?"

她说出了声。

"反正大家都一样,这个女演员也一样。全都靠这个死撑。"

她对着墙壁说出这番话,心里多少轻松了一些。

15

她必须在自己的失业保险到期前找到工作。

可她从早到晚泡在网上检索,发现五十几岁的女性只能找到站着忙碌的工作。考虑到体力衰退的现状,一天站八个小时太辛苦了。可是,如果没有很特殊的资质,她无论怎么找都找不到文员类工作。

尽管为时已晚,她还是后悔为沙也加的婚礼和公公的葬礼花了那么多钱。在此之上,每月给婆婆的九万赡养费也是个沉重的负担。

所以……正如铃与所说,现在不是要面子的时候,她没有条件去纠结体力衰退的问题。无论什么工作,都只能死撑着上。

由于她登记的派遣公司一点消息都没有,她决定到商店街去寻找招聘的海报。她想尽量避开店员关系很冷淡的地方。虽不至于强求一团和气,但只要有一个能露出自然微笑的女店员,那就有可能是让人放心的工作环境。她相信自己的直觉,想用自己的双眼亲自看过再决定。

现在看护工作到处都缺人手,肯定会有招聘信息,但她就是不想做。一是工资低,再说她也讨厌做这个。反正不久之后肯定要照顾自己的父母和丈夫,她现在只想暂时偷闲。

走在商店街上,她透过咖啡厅的橱窗看到了里面谈笑的女性。她们都精心打扮,悠闲地喝着咖啡。每次看到那种光景,她都忍不住觉得,除了自己,所有人都过着宽裕的生活。

她记下了几家贴出招聘海报的店铺,然后回家了。

坐在餐桌旁,她又翻开招聘杂志,拿起红笔,认真跟自己的记录做起了比对。

就在那时,门口传来了用钥匙开门的声音。她还以为是丈夫从图书馆回来了,却听见沙也加喊了一声"我回来啦",便慌忙站起身子,跑到了门口。

"沙也加,怎么了?你怎么突然回来了?出什么事了?"

"不是妈妈一直唠叨,叫我偶尔回来看看吗。"

沙也加脱掉鞋子,轻车熟路地穿过了走廊。看到女儿出嫁后还是一点都不客气,把娘家当成自己家,笃子多少放心了一些。她很想对女儿的背影大喊:这里永远都是你的家!

沙也加走进起居室,瞥了一眼厨房,嘴上嘀咕着:"喝点什么呢?"

她趁机把女儿上下打量了一番。

看起来……还算精神。

不过,她身上的衣服和提包都是旧的,早在结婚前就一直使用。难道琢磨不给她生活费,所以沙也加买不起新衣服?如果是真的,她很想给女儿塞点零花钱。

可是……她也没钱。

"妈,你目不转睛地看什么呢?"

沙也加的语气越来越强硬了。

女儿从小就表现在脸上的软弱气质,现在似乎消失不见了。

"沙也加,你那个包边缘都磨损了呀。"

"还能用。"

"买个新的吧,太丢人了。"

"妈,你现在还没摆脱泡沫经济时代的习惯,这才丢人呢。"

沙也加果然变了。强势得莫名其妙，说话声音也大。

"我肚子饿了，妈，家里有吃的吗？"

孩子似的言行让她想起了小学时的沙也加。

当时，他们还住在三房一厅的公租楼里。现在回忆起来，那真是小小的生活。

没错，"小"这个字形容得恰如其分。当时的家庭既没有电脑，也没有普及移动电话，每月的通讯费用只有固话费。而且那时候喝水直接在水龙头接，孩子穿的多数都是街坊邻居送的二手衣服。那真是花不了多少钱的小巧生活。后来，就感觉钱再怎么多也不够用了。可以说日本变富饶了，相对，人们也越来越忙于工作，被生活所迫，满脑子只想着金钱。

"我想吃妈妈做的炒饭。"沙也加撒娇道，"因为妈妈做的炒饭最好吃。"

听她这么说，笃子特别高兴。

"好啊，那我做给你吃。"

那时，家里总是只有自己、沙也加和勇人三个。丈夫忙于工作，经常晚归，导致每个家庭都像是母亲在独自抚养孩子。

她用剩饭菜做了炒饭,还用粉丝煮了一碗简单的汤。

"我开动啦。"

两人坐在餐桌旁吃了起来。

不知从何时起,沙也加吃饭变快了。她原来做什么都慢吞吞,没想到结婚后竟会变化这么大。

"啊,真好吃。"

沙也加先吃完,起身泡了两个人的茶。

接着,沙也加拿起桌上的杂志心不在焉地翻阅,翻着翻着里面就掉出了一张照片。那是笃子去看插花展览会时拍的。因为城崎得了奖,花艺班的几个学生便相约一起去了。展览会在一座古老的寺院举办,她们在长着青苔的院子里拍了那张照片。

"皋月阿姨还是那么漂亮呢。"沙也加感叹道。

"漂亮?哪里?"

她一下没控制住诘问的语气。因为那天大家都打扮得花枝招展,唯独皋月穿着平时的便服。

"皋月阿姨看起来特别年轻有活力。不过……这个年代的阿姨们普遍都很胖呢。"

"你在说我吗?"

"不是啦……不过除了皋月阿姨,其他人都……"

"什么啊,你说清楚点。"

"都穿得特别刻意,而且化很厚的妆,看起来不干净。啊,对不起对不起,你别生气啊。真的不用这么在意,因为五十几岁的阿姨都这样啊。妈妈还算好了,对不对?"

女儿好像在安慰她。

她基本上没怎么为梳妆打扮花钱。然而皋月,可以说她完全不在这上面花费一分钱。尽管如此……

是她太不会用钱了吗?她曾经几次冒出过这样的想法。

她一直很注意节约,但不太会控制享受的程度,比如咬牙买下很贵的大衣,然后才发现上臂太挤,于是特别后悔。但与此同时,她又能忍着好几年不吃自己最爱的鳗鱼。

沙也加喝完茶站了起来。"我该回去了。"

"这么快?再坐会儿啊。"

"琢磨要回来了,我得准备晚饭。"

沙也加开始对丈夫直呼其名。

这会不会并非亲密的表现,而是憎恶的表达?

"你要是早点说,我就做点炸猪排给你带回去了。"

"炸猪排我自己会做。"

"至少等到你爸回来呀。"

"开玩笑吧,等他不得等到半夜去。"

她并没有告诉女儿丈夫被裁员的消息,因为不想让她过分担心。

她看向窗外,太阳已经开始西斜。

她一边去追已经在往门口走的沙也加,一边打开了走廊电灯。

瞬间,她倒抽了一口气。

沙也加的小腿肚上有一大块瘀青。她自己可能觉得用黑丝袜能遮住,实际看得很清楚。

"沙也加。"

"嗯?"

女儿把手搭在门上,转过头来。

"我跟你说……"

"嗯,说什么?"

"要是,那个……要是你有困难,尽管跟我说。"

"我没有困难啊。"

"可是……所以说如果啊。"

"你真奇怪。不过谢谢关心啦。我回去了,谢谢款待。"

咔嚓,门关上了。

沙也加离开后,家里显得格外空旷。

安静得让她感到奇怪。

这是孤独的感觉。

她以前不是很想拥有这种自由吗?不是经常慨叹孩子和丈夫成了自己的枷锁,令她没有自己的时间吗?

可是,现在她却特别寂寞。

——你是不是遭到暴力对待了?

她很想这样问,但是也直觉地认为,那只会让女儿更加紧闭心扉。

是不是该跟丈夫商量?毕竟沙也加也是他的女儿。跟孩子有关的大小事情都要母亲来负责,这也太离谱了。可是丈夫刚刚失业,精神上受到了打击,再给他增添烦恼会有什么后果?要不还是再观察一段时间看看?

她感觉丈夫就像自己的儿子。但凡有什么大事,她都像当妈的一样,首先要照顾他的感受。这真是太奇怪了。他们是夫妻,难道不应该分享烦恼,互相帮助吗?虽说如此,一旦得知家暴的事情,丈夫必然会深受打击。就怕他一时气急,冲到沙也加那边去把琢磨揍一顿。

如果到时候沙也加选择保护琢磨,会怎么样?

如果她更倔强了,该怎么办?

解除洗脑的日子说不定更等不到了。

她长叹一声,走进厨房洗碗,又慢吞吞地打扫了浴室,再到阳台上收衣服。

她坐在起居室边叠衣服边看电视,脑子里想的却都是沙也加,压根没注意新闻在说什么。

下一个瞬间,她控制不住冲动,拿起了电话。

"喂,沙也加吗?"

"妈,怎么了?我现在很忙。"

"琢磨先生是不是打你了?"

她本想婉转一些,一开口却成了单刀直入。

"你怎么突然说这种怪话?琢磨怎么可能那样?"

看来女儿打算矢口否认。

"我看到你小腿上的瘀青了。"

"傻不傻,那是我骑自行车摔的。"

"别骗我!"

"没骗你,是真的。对了,妈,你找我有啥事?难道就是为了问这个?"

"这很重要啊。"

"蠢死了。要是没啥事我就挂了,再见。"

女儿挂了她的电话。

她该如何让沙也加清醒过来?

勇人似乎也很担心这件事,经常给她发信息。笃子每次都回答:"我这边没问题,你先让我自己想想怎么解决。"因为儿子刚刚走上社会,还有崭新的生活等待着他。

她开始想,如果沙也加最后回来了……

她还是希望女儿能找份工作。那么就需要钱给她上专科学校。为了搞到钱,她必须在失业保险断掉之前找到工作。可是,工作太难找了。

思绪再次进入死循环,看来她今晚也别想睡着。

那天晚上,她咬咬牙对丈夫开口了。

"章先生,不如你跟天马先生说明情况,看他能不能帮到你?"

"天马?"

丈夫露出吞苦水的表情,陷入了沉默。

笃子知道这句话会伤害到他。可是照这样下去,他们的生活将无以为继。

天马与丈夫是同期的同事，也是一群人里最有出息的那个。企业被兼并后，他依然混得很好，最后成了总部的执行部长，没过几年又辞职开了自己的公司。听说他的公司正在稳健发展，员工人数也越来越多。

笃子二十年前见过天马一面。当时无论什么公司，每年都会搞一次召集员工全家参与的活动。在垒球大赛上，他一直担任队长，远远一看就是那种积极主动往前冲的类型。而且他身材颀长，从帽子到鞋子都是当时流行的运动品牌，整个人特有气势。

丈夫一直特别讨厌天马。据说他整天拼命讨好上司，同事和下属都不喜欢他。

"我为什么要对那种人低声下气？"

丈夫毫不掩饰厌恶，走进自己房间，哐当一声关上了门。

早知道就不说了。丈夫本来就心情不佳，一想到自己要对最讨厌的人低头，他肯定气不打一处来。

笃子不禁觉得自己是个不够体贴的妻子。

可是……现在哪还顾得上这个？

16

似乎只要有了出门的念头,人就会自然而然变得精神抖擞。

那天下午,笃子简单化了个妆,出门到区民会馆去了。因为那里有区政府主办的演讲——"关于养老资金"。

她拐到大路,坐上了前往区政府的巴士。窗外可以看见许多房子挂起了鲤鱼旗。随着巴士的摇晃,她脑子里像唱演歌[①]一样重复着"九万块,九万块"的节奏。因为明天该给婆婆打钱了。

怎么办?

这钱不能不给。现在他们两夫妻都还能领失业保险。可是在看不到将来的生活中,她再也不想给这份

---

① 日本特有的一种歌曲。

钱了。如果婆婆过着捉襟见肘的生活，倒是还有同情的余地。她肯定也想帮帮老人。可是，一想到护理院的豪华大厅，她就气不打一处来。老人统一在护理院的餐厅吃饭，可她听说婆婆食量很小，经常剩下一大半。简直太浪费了。为何他们这对贫穷夫妻要为那种奢侈的生活出钱？不知不觉，脑子里的"九万块，九万块"变成了"穷死了，穷死了"。

她下了巴士，走在通往区民会馆的斜坡上，突然觉得口渴。她在包里翻水杯，但是没找到。看来她是准备好水杯放在厨房桌子上，走的时候却忘记拿了。因为这件小事，她的心情一下就阴郁下来。

区民会馆大厅里摆着一排饮料自动售货机，她挨个看了一遍，左思右想之后，买了一瓶热煎茶。

唉，又浪费了一百五十日元。

"这不是笃子姐吗？"

她回过头，发现是皋月。

"你也来听讲座？"

"嗯……看能不能做点参考。皋月也是？"

"是啊，我也过来做点参考。"皋月笑着说。

两人一同走进会场，可能因为离开始还有一段时间,座位还空着一半。

"那边那个不是美乃留小姐吗?"皋月指着一个方向说。

"哪里?啊,真的是。"

她看见美乃留一个人坐在靠通道的座位上。

"皋月眼神真好。"

"因为我看那件上衣很眼熟啊。"

没想到皋月还会记得别人穿的衣服。她还以为这个人对梳妆打扮一点兴趣都没有。不过考虑到家庭主妇的观察力一般都很厉害,倒也不显得奇怪。

她每月都会在花艺课上见到美乃留。但对方不知是经过上次英式下午茶,觉得跟她们聊不来,还是不敢打扰两个老朋友的聚会,从那以后都是一下课就匆忙离开,没再跟她们出去过。

"美乃留小姐怎么在这里,我看她完全犯不着担心养老问题啊。"

"笃子姐,别人的生活往往很难料想哦。"

皋月意味深长地说完,顺着台阶走向前排。她也跟了过去。

"美乃留小姐,好久不见。你旁边有人吗?"

皋月叫了她一声,美乃留吓得肩膀一抖,然后回过头来。

"……嗯,当然可以。请吧。"

美乃留虽然一脸尴尬,还是往里面让了两个座位,于是她们坐下了。

主持人出来做开场白,然后一名女性理财规划师和一名大学教授分别做了三十分钟的演讲。笃子本来拿出了记事本和圆珠笔准备做笔记,可是直到最后都没写下一个字。

演讲结束后,观众席响起了热烈的掌声。

她听见后面那排有人议论:"这趟来对了。""真是太有用了。"忍不住回过头去看了一眼,发现那是几个七十几岁的女性。她们朝笃子笑了笑,仿佛在说:你一定也很有收获吧。

笃子尴尬地笑了笑。

原来世上的人竟如此无知吗。

早知就不来了。

她特别失望。只要是平时有这个意识的人,肯定都在什么地方听过这次演讲的内容。可能因为信息过于泛滥,最近无论听谁说话,或是翻开哪本书,几乎都没有新发现。

主持又做了结语,然后观众齐齐站起来,向出口走去。

来到大堂,美乃留提议道:"不如我们去喝杯茶吧?"

笃子转过去,发现她似乎做了什么决断,表情很僵硬。"我先生出差去了,不用回家做晚饭。还是说两位很忙?"

"这个嘛……"笃子欲言又止。她不想去喝什么英式下午茶了。

"不行吗?"

美乃留的表情扭曲了。"只要三十分钟就够了。"

她忍不住看向皋月。皋月可能也感觉到她的异常,露出惊讶的模样。

可是啊,美乃留小姐,真正走投无路的不是你,而是我呀。

因为我明天就得转账九万日元。

"我可以啊。"皋月说,"笃子姐呢?"

她很舍不得花钱,但又想听听两人对养老资金的想法。不过话说回来,美乃留那么有钱,听了也只会让她垂头丧气，得不到任何参考。

"你要马上回家准备晚饭吗？今天老公下班早？"

由于笃子没有明言，皋月又问了一句。美乃留的样子显然跟平时不一样，皋月应该想三个人聊聊。

"倒不是老公下班早……"

"也对啊。笃子姐总说老公经常加班，很晚回家。"

"……嗯，是啊。"

"那不如今天到我家喝茶吧？"

"到皋月家？"

她在皋月的面包店买过几次面包，但是没去过店后面的家。

"我去不会打扰吗？"美乃留客气地问。

"当然不会。我老公去参加面包工会的聚会了，今天很晚回家。我婆婆也不在家，这不刚好吗。"

区政府的传单上印着"请勿驾车参加"几个大字，但皋月还是开车来了，只是没有停在区民会馆，而是停在了步行几分钟的超市停车场里。

笃子跟美乃留并排坐在皋月驾驶的轻型货车后座，一同前往她家。

面包店门口挂着"今日定休"的牌子。

店旁有条小路,走进去就能看见一座小小的二层建筑,正好位于店铺后方。看来应该是店铺与家中相连,可以直接从内部进出的样式。

"好怀旧啊。"

美乃留感慨地看着那座房子。它充满了昭和气息。

"我说皋月啊……"

她们听见声音回过头去,发现一个老太太从隔壁探出头来。老太太看起来八十多了,头发稀疏,雪白的发丝中间已经露出头皮的颜色,连声音都很苍老。

"啊,阿姨您好。"

"最近怎么没看见竹乃,她怎么样?"

"哦,我婆婆现在……"皋月犹豫了片刻,"……在住院。"

说完,她迅速走到门口,把钥匙插进格子门的锁孔。

"住院?我怎么没听说。她哪儿不好了?住在哪里?"老太太走过来追问道。

"也说不准哪儿不好,反正年纪大了,哪儿都有点问题。"

"你这话说的,竹乃跟我同年呀。"

"哎呀,也对。真对不起。"

"开玩笑而已,毕竟八十五岁是货真价实的老太婆了。她住哪儿了?我得去看看。"

"您就别去了,地方挺远的。"

"远在什么地方?"

两人的对话越拖越长,笃子她们只好站在门口傻等。邻居老太太固然烦人,可皋月也是的,赶紧告诉她不就好了。美乃留似乎也有同样的想法,因为她叹了好大一口气。

"啊,对不起,让你们久等了。"

皋月很不自然地大喊一声,咔哒咔哒地开了门锁,又喀拉喀拉地拉开了镶嵌雾玻璃的格子门。

"快请进吧。"

她把两个人推进了屋子里。

"阿姨,真不好意思,我现在有点忙。那再见啦。"

说着,她啪地关上了门。

此时,笃子想起了自己在公寓垃圾站碰到的八卦主妇。看来皋月也有同样的烦恼。皋月可能没有需要隐瞒的事情,但世上毕竟有什么事情都爱添盐加醋说出去的人。

"你婆婆住院了吗,我都不知道。"笃子压低声音说。刚才那个老太太说不定在外面偷听呢。

"她最近越来越健忘了。"皋月大咧咧地回答。

"这边请。"

两人被带到了和式客厅。"随便找个地方坐吧,那儿有坐垫。"

"皋月小姐,莫非你刚做完断舍离吗?"

美乃留看了看房间,激动地感叹道。

"真的呢,好干净。"笃子也开始环视房间。

"我压根不理解断舍离。把还能用的东西扔掉多可惜啊。日本茶可以吗?我这还有速溶咖啡。"

说着,皋月走进了厨房。

她的头顶擦过串珠门帘,发出哗啦哗啦的响声。

"那个门帘好眼熟啊。"

小学时,她家厨房门上也挂着同样的东西。这座房子里的东西全都那么怀旧,甚至能直接拿去当昭和电视剧的背景。

皋月用一个大木盘端来了茶具、速溶咖啡罐和红茶包等东西。

"不过你这里东西真的好少。"说着,美乃留在坐垫上放松了正坐的姿势。

没有断舍离,东西却很少。那就是说,住在这里的人压根不买任何多余的东西。

啊,如果自己也像皋月那样一点都不乱花,现在应该能存到更多钱。这么一想,自己曾经收集喜欢的餐具,还经常换新的窗帘和靠枕套,竟显得毫无意义。

"皋月阿姨还是那么漂亮呢。"

沙也加看到照片时,说了这句话。可是,皋月明明不爱打扮,也不去美容院……

"这是别人送我的。"

厚厚的福砂屋蜂蜜蛋糕配上浓浓的煎茶,特别好吃。

"我们两夫妻都不爱吃甜食,所以你们多吃点。"

难怪她这么苗条,难怪她显年轻。笃子开始痛恨自己的嗜甜。

"美乃留小姐,你今天是怎么回事,竟然跑去听那个讲座了?"皋月直白地道出了自己的疑问。

"其实……"

美乃留喝了一口茶,欲言又止。

"如果你不想说就别勉强。"皋月笑着对她说。

"不,我就是想跟两位倾诉……所以,才问你们要不要喝茶。"

见她表情很严肃,两人都没有说话,而是等她继续。

"直到事情变成这样,我才意识到。此前我一直以为朋友才是相互倾诉的对象,可是……"

美乃留停下来,又喝了一口茶,"在东和女子学院的同学面前,我还是忍不住爱面子。所以真正为难的时候,反而找不到任何人倾诉……"

虽然前言很长,笃子还是盯着美乃留的嘴,耐心等待她进入正题。

"两位都比我大,啊,当然也只是大一点。因为还不算熟,我感觉更容易开口……而且我们共同的熟人只有城崎老师而已……"

美乃留又停了下来,拿起叉子切开蛋糕。

"莫非你有金钱方面的困难?"皋月可能不耐烦了,开门见山地问。

"现在还没有,不过将来应该会有……"

"为什么?"皋月又问,"你老公不是白领吗?厚生年金①应该很多吧。我还以为会听今天那场演讲的,都是我这种家里做生意,养老金很少的人。"

---

① 年金制度是日本的养老保险制度,其中厚生年金是指在私营企业、工厂、商店、事务所等工作的职工所加入的年金制度。

"那也要分情况吧。"笃子说着,放下了茶杯,"因为做生意没有退休年龄,皋月和老公可以一直工作下去啊。"

而且皋月还把自己的生活安排得清清楚楚。笃子认为有自知之明的人最值得敬佩,能根据自己的收入巧妙安排生活的人,才是真正的大人。

与之相比,他们两夫妻又如何?

花钱真的太难了。如果过分节约,失去了生活的宽松,则未免有些过分。然而她现在已经五十多岁,还是没搞清楚应该在哪里适可而止。她也想像皋月那样有自己坚定的标准。

"我可羡慕白领了。做生意真的很难。大约一年前开始,这附近就多了好多烘焙店。不久以前我做梦都没想过自己家竟要被卷入价格战。你想啊,想要便宜面包,去超市买不就好了。既然专门到烘焙店来,那肯定是经济上比较宽松的人来追求味道和品质的啊,对不对?"

"莫非附近开了价格便宜的店?"美乃留马上问。

"就是啊。他们家卖得跟便利店一样便宜,但据说特别好吃。"

"那真是太讨厌了。"笃子说。

"再加上——"皋月停下来喝了口煎茶,"大路上不是新盖了一座大楼嘛,那里面也开了烘焙店。周围都是同行,这生意真是没法做了。而且一大半都开在比我家更方便的位置。"

皋月一口气说完,长叹一声。

笃子从未见过皋月露出如此阴沉的表情。她家的经营情况真的这么差吗?

"好羡慕白领的稳定。我们家这样下去真的很危险。"

由于她的表情愈发阴沉了,笃子开始飞快思考如何安慰她。

"我们家也很糟糕啊。"

"怎么糟糕了?"皋月露出不服气的表情。

"我跟你说,真的很糟糕。因为……"

皋月目不转睛地看着她,似乎在说不要用轻浮的说辞假意安慰。

所以她坦白了。"因为我们两夫妻都被裁员了。哈哈哈。"

尽管她的语气明快,但毕竟内容沉重,其余两个人都笑不出来。

"你们别这样啊,现在暂时还没问题,因为有失业保险。"

不过接下来可是毫无头绪啊。她在心里嘀咕道。

"我都不知道。"皋月说着,拿起了茶壶,"我再去泡一壶。"

"其实我……"美乃留低着头开口道。

因为皋月和笃子都道出了自己的实情,现在成了按顺序敞开心扉的气氛。

"我们家没孩子。"

"我知道啊。"

"我也听说了。"

听了两人的话,美乃留似乎咬紧了牙关,嘴唇抿成一条线。

眼看着,她的眼泪就涌出来了。

"所以我一直害怕会有这样一天,只是没想到真的……"

"不如我们喝酒吧。我这有烧酒、梅酒,还有起泡酒。美乃留小姐能喝酒吗?"

"能喝。请给我开水兑烧酒。"美乃留吸溜着鼻涕回答道。

"喝吧喝吧。"

皋月爽快地站起来,走进了厨房。

笃子对着她的背影问道:"皋月,需要我帮忙吗?"

"那就麻烦你啦。"

她也起身走进了厨房。

煤气炉上只有一口红色珐琅锅,别的什么都没摆。

见此情景,她才意识到自己家厨房真的有好多没用的东西。这个厨房不仅收拾得整整齐齐,连水槽和橱柜都擦得闪闪发亮。虽然看起来都很旧,但都是只要认真保养就能用很久的东西。此时她想到自己十年前刚把家里的湿区翻新了一遍,不由得后悔莫及。

"皋月好爱干净啊。"

"习惯成自然而已。咱们打扫烘焙店厨房的时候,都要擦得一滴水都不剩。不知不觉,对自己家厨房也这样了。"

"啊。"

她发现桌上摆着台湾香蕉。它跟菲律宾香蕉不一样,长得格外粗壮,所以一眼就能看出来。

"皋月你喜欢台湾香蕉吗?"

上回皋月借给她的《婚礼礼仪与常识》里夹了一张超市收银条,里面就有台湾香蕉。

"这是我们两夫妻唯一的奢侈。香蕉一定要吃台湾的。"

说着,皋月笑了。

两人准备好酒水和简单的下酒菜回到客厅,美乃留瞪着又红又肿的眼睛,定定地看着虚空。

"我先生把公司年轻女员工的肚子搞大了。"

她用手帕捂住了脸。"现在已经八个月了。"

皋月什么都没说,于是笃子打破了凝重的沉默。"那可真是……太糟糕了。"

"何止糟糕。"

美乃留抬起头,瞪了笃子一眼。

她的眼神好像在说,你怎么可能理解我的心情。

"我先生是家中独子,现在婆婆都高兴坏了,说总算能抱孙子了。"

"太伤人了。"

皋月总算开了口。

"我感觉自己整个人格都被否定了,被贴上了媳妇失格的标签。"

"你婆婆的想法太陈旧了。"

皋月说完,美乃留用力点头,深表赞同。"两位有孩子的姐姐能理解我,我真是太高兴了。"

她对两个连熟人都算不上的人坦白了如此沉重的话题,想必是真的没有人能倾诉吧。一想到美乃留此时的心境,笃子就忍不住可怜她。

"你没找别人商量过吗?"她问道。

"我跟自己母亲商量了。母亲一开始也很生气,不过最近开始说:'没办法,你就放手吧。'"

"那真是太难受了。"皋月静静地说。

"考虑到即将出生的孩子,最好是我抽身离开。这我也知道。那样一来,孩子就能生活在父母双全的家里了。"

"你见过那个女的没?"

"是,已经见过了。"

"她什么样子?"

"没有化妆,长发扎成马尾辫,穿着廉价的灯芯绒孕妇装,感觉很平凡。不过我后来偷偷看了先生手机里的照片,发现她根本不是那样的。手机里没有一张素颜照,全是妆容精致、长发飘飘,衣服也高档有气质。"

"那是怎么回事?"笃子问。

"她是故意打扮成那副样子来见我的,就是为了让妻子主动退让。她可能担心让我得知她是个又漂亮又会打扮的女人,会激起不必要的嫉妒。"

"如果是真的,那她也太厉害了。"

"感觉是个老滑头啊。"

"我婆婆最近动不动就说:'还好你没有孩子,要是有,事情就麻烦了。'"

"她这么说好像你们理所当然要离婚一样,太气人了。"

皋月没有皱纹的平滑额头上冒出了青筋。

美乃留没有孩子,心里一定更加受伤。要是有孩子,在她婆婆眼中,造孽的便是搞大了别人肚子的儿子。如此一来,美乃留说不定也能很干脆地决定离婚。这在旁人看来可能很矛盾,但如果换作笃子,她可能会这样想。

"一想到离婚了该怎么活下去,我心里就很害怕。就算能拿到抚恤金,肯定也撑不了多久。所以我今天就去听讲座了。"

"唉,你父母不是给你分财产了吗?"

"那个……我查了一下,结婚时父亲给我的股份和土地价值都跌了很多,而我姐姐两夫妻已经继承了父亲的公司,还跟他们同住,我也回不了娘家。现在真不知道该怎么办……"

美乃留喝了一大口兑烧酒。"我一直都是家庭主妇,既没有工作,也不年轻了。"

她似乎很能喝酒,到现在脸色一点都没变。

"我已经尽量节约,从丈夫每个月给的生活费里存钱了。"

"你怎么节约了?"皋月问。

"白天我会在健身房度过。先去健身,然后看报纸,再洗澡回家。这样就能剩下电费、水费和报纸钱。"美乃留有点得意地说。

"如果你真的想节约,那不如干脆别去健身房了?"

听了笃子的话,皋月也用力点头赞同。

"我也想过了,可是一味节省,人生会变得很无聊。如果忘记了如何快乐,我的精神可能会撑不下去。而且我也想尽量保持身体健康。"

美乃留可能是那种喝醉了也不上脸的人,话越来越多了。她的泪水已经干透，连表情都稍微明亮了一些。说不定她正在一点点放下丈夫，也可能只是单纯的情绪不稳定。

"我还尽量去图书馆或是外出的目的地上洗手间，减少在家上的次数。"

这回她的表情明显更得意了。"听说还有人去公园接水用，我也得学习学习。"

"你不觉得这样很吝啬吗？"

皐月说完，屋子里安静了片刻。"别怪我泼冷水啊，我觉得不能那样使用公共资源。"

"皐月是怎么节约的？"笃子故作开朗地问道。因为她发现美乃留又一副被一脚踹进深渊的表情。

"我会每天卡着超市开门时间去买前一天的折扣商品。还有就是在房子转角多安了一台自动售货机，好增加一点收入。"

"独门独户就是好啊。那东西每月能赚多少钱？"

"好像每个地方的收入会差挺多。我们家的自动售货机收入正好够交家里电费，所以算是帮了大忙。还有，院子里的花花草草都是我们自己修剪的。但那也省不了多少钱就是了。反正就是用电锯嗡嗡嗡地来上几下,加上这附近住的都是老人,偶尔帮帮他们还能保持邻里关系。上回我用电锯拆分了对面那位老人家的旧家具,他送了好多苹果给我当谢礼呢。"

"皋月姐,请你教我正确的节约方法。"

"交给我吧。美乃留小姐你没有体验过贫穷,我不看着点说不定真的会想出奇奇怪怪的方法来。"

皋月毫不客气地说完,美乃留不好意思地笑了。

17

今天必须跟丈夫好好谈谈家计的问题。

明天就要给婆婆汇九万日元,她现在无暇顾及丈夫被裁员的情绪。

她走在河边的步道上,远眺着夕阳染红的天空。

目睹皋月节俭自律的生活后,她至今仍沉浸在震撼中。

她这辈子无论怎么工作都不能轻松下来,是因为生活太奢侈吗?换言之,是她在折磨自己吗?

可是……真的吗?

我什么时候奢侈过?

每次买东西都要左思右想,也从来不会冲动购物。结婚三十年了,其间自然有不少买回来却不喜欢、几乎从来不穿的衣服,或是扔在冰箱里任其腐坏的食物。可是她听说,世上还有一种妻子花钱毫无计划,让人难以置信。跟她们比起来,自己已经很好了。可是……皋月的生活让她感到眼前一亮,甚至看到了原则和知性,也反过来暴露了自己的天真。

回到家,她发现丈夫闷在屋里。

由于敲了门也没反应,她开门一看,他竟躺在床上睡成了大字形。在这种前路莫测的情况下,他怎么能睡得着?自从被裁员,丈夫就像要补回多年的疲劳一样,整天除了找工作和去图书馆,就是在家睡觉。

"喂,你起来呀。"

笃子刚喊了一声,他就睁开了眼睛。

他可能在装睡。为了逃避现实,为了逃避妻子。

"明天该汇钱了。"

说着,笃子坐在了勇人的椅子上。勇人参加工作搬进公司宿舍后,丈夫就把他的学习桌搬进了自己房间。

"哦,明天啊。"丈夫愣愣地说。

"怎么办?"

"我咋知道怎么办。"

他顶着死气沉沉的表情凝视天花板,压根不朝她看。

"你好好听我说啊。我不想花钱供她在那么奢侈的地方生活了。"

这应该是她第一次当着丈夫的面说婆婆的坏话。但是,她已经忍无可忍。

"你妈妈怎么回事啊?我们日子过得那么苦,她却那么奢侈,太不要脸了。"

她本以为丈夫会生气,谁知却得到一句"你说的没错"。

"九万太多了,咱们出不起。你在听吗?该怎么办啊?"

"怎么办啊……"他无力地重复着妻子的话。

"总之,你先打个电话过去跟那边说清楚,就说我们给不了。"

"我打电话?打给谁?"

丈夫这才把脸转了过来。

"当然是志志子小姐啊。你不打过去,那边就要打过来催了。我反正不会接。"

"你别这么说啊。"

见丈夫一脸呆滞,笃子更生气了。

"我们的财产都见底了,还要供她住那么高级的地方,这算什么事啊?"

"因为我妈从小就是大家千金啊,让她去住穷人的地方，未免太可怜了。"

丈夫的声音越来越清晰了。

"那我问你，今后要一直每月九万地往那边汇钱吗？"

"那……"

他的声音又变小了。

婆婆家跟志志子两口子家只隔了五户，正是端碗汤过去都还热乎的理想距离。而且，婆婆目前还没有认知障碍，手脚也灵便，只要她有心，完全可以自己做家务。再说了，当初还能自己做饭却早早住进护理院，这个决定本来就有问题。

"你不能让志志子那边照顾你母亲吗？"

"你觉得这话我能说出口？还记得上次那件事吗？而且樱堂那家伙也不好对付。"

"那也不能本末倒置啊。"

"话是这么说……要不笃子你去跟他们说吧。"

"哈？你没开玩笑吧？我来提这件事不是挑起矛盾吗？最好是章先生你自己跟他们坦白咱家的情况。"

"我要怎么说？"

丈夫这副没出息的样子让她越来越烦躁。

为了压抑愤怒,她故意夸张地做了个深呼吸。

"你就老实告诉那边,我们俩都被裁员了,而且存款也所剩无几,连自己都顾不过来。你们是亲兄妹,她肯定会重新考虑。要是志志子无论如何都不愿意照顾老人,坚持要维持现在的状态,那就请她承担所有经济上的花费。毕竟樱堂先生年收入有一千五百万。"

"樱堂那家伙,仗着自己收入高就颐指气使。"

"他并没有颐指气使,是章先生想太多了。"

"连你也支持樱堂?那也难怪,谁叫他个子高,仔细看还挺帅。"

这就是我丈夫吗……他连心灵都变得如此贫瘠了吗?

"你打个电话啊。"

"知道了,打就是了。"

"什么时候打?"

"下次。"

"下次怎么行。"

"你叫我现在打?"

"当然啊,明天就得汇钱了。"

"你这叫我怎么打?志志子那边又有心理阴

影——"

拉长的话尾突然激怒了她。

"够了,不求你了!"

她一气之下说了出来。

但马上就后悔了。她担心这样会更加伤害丈夫,便在离开房间时回头看了他一眼。结果他竟一脸松了口气的表情,笃子顿时气血上涌,用力关上了门。

一声巨响在家中回荡。

她回到自己房间,在书桌前坐下,拿起圆珠笔,恶狠狠地看着白色稿纸。

志志子太聪明了,如果她不想好怎么说,肯定行不通。为此,她最好先列出自己应该说的话。

· 两夫妻都被裁员。

· 沙也加的婚礼和公公的葬礼花了太多钱。

· 已经强调过好几次家庭经济很困难。

· 明确提出退出护理院的要求。

· 委婉地提出让婆婆住回空置的房子,并请志志子不时过去看看。多说几个"实在是对不起",把姿态放低。

我才不会输给志志子。

战斗！加油！

她不断鼓励自己，然后用力做了个深呼吸，拿起了手机。

下一个瞬间，她突然停下了。

为什么要在自己的房间打电话？为什么要担心伤害丈夫？好像穷困潦倒的只有她自己，跟丈夫毫无关系一样。她这样哪里还是妻子，完全是保护儿子的母亲啊。

她拿起稿纸走出房门，听见起居室传来响动。丈夫不知何时出了房间，正坐在沙发上看BS频道的网球比赛。

"把电视关了，我要给志志子打电话。"

他当然也要在旁边听着。

"好吧。"

说着，丈夫调小了音量。

"我叫你关电视。"

"这点音量应该没问题吧。"

"不是那个问题。志志子小姐是你妹妹，本来应该……"

"知道了。"丈夫打断她的话，关掉了电视，然后背对着她蜷在沙发上,盯着黑洞洞的电视屏幕。

笃子拿起固定电话的子机时,丈夫突然撑起了身子。"能不能别说我被裁员了?"

"为什么?"

"要是告诉志志子,那老妈肯定会知道。没必要让老人家担心。"

"那当然不行。没被裁员却拿不出每月九万的赡养费,志志子小姐肯定不答应。"

"你就想办法让她答应嘛。"

没想到丈夫到了这种时候还想保住面子。笃子恶狠狠地瞪了他一眼。

"你要我怎么说?"

"笃子肯定能行。"

他只在这种时候奉承妻子。

"求求你了。"他双手合十拜了起来。

笃子叹息一声,拨通了电话。

"你好,我是笃子。"

她按下扬声器按键,让丈夫听到志志子的声音。

"大白天的打电话过来,好稀奇啊。"

"其实我有件事想跟你商量。"

"怎么了？突然这么正经。"

"是关于婆婆的赡养费。"

那边沉默了片刻。志志子这么敏锐，肯定有所察觉。

"赡养费怎么了？"

她的声音突然尖了起来。

"我们家已经无法承担每月九万的费用，现在连自己的生活都是坐吃山空。"

"你们两夫妻都有工作，怎么这样说？莫名其妙。"

她无法告诉志志子丈夫被裁员的事实，实在是太憋屈了。

"我跟你说，我家也不是钱多得没地方花。"

"我们是困难到已经要借高利贷了。"

听到"高利贷"这个词，丈夫转过头来，摆出一张臭脸。

"高利贷？为什么啊？沙也加嫁了个有钱人家，勇人君也在一流企业工作，不是吗？"

"那是因为……"

"难道你们欠了赌债？"

"不是的。"

"那为什么啊？炒股失败了？"

尽管丈夫恳求她不要说,但她现在顾不上那么多了。

"我们两夫妻都被裁员了。"

丈夫的侧脸扭曲了。

"我怎么没听说?"

那是当然,因为丈夫压根不愿意说。

"志志子小姐,请等一等。"

她捂住话筒,把子机递给丈夫。"你如果要摆臭脸,那就自己说。"

"不,我就算了。"

"那就别给我摆脸色!"

她现在已经是怒火中烧。

这对兄妹讨厌死了。

"你到底想要我怎么样?"

志志子这么说完全是在找架吵了。

"我想让婆婆跟护理院解约。"

"哈?解约?然后我妈住哪儿?你找到更便宜的地方了?我跟你说,公立的特护养老院可进不去。因为我妈没有得到看护认定,就算得到了,前面也有好几万人在排队。"

"这我知道,因为《聚焦现代》的特辑里面讲过。

我是想说,请婆婆回到自己家里去住。"

"你叫她一个人生活在独门独户的房子里?"

"不……我认为请个家政工每个月上门服务几次就够了。"

"你觉得那位老人家这样就能一个人生活了?"

"也可以请日工。"

没有回答。

"喂?志志子小姐?喂?"

"你不用那么大声,我听得见。"

看来她很生气。

"只要离开护理院,不仅能省下每月二十二万的住宿费,还能省下一流厨师的高昂餐饮费。"

"那我妈的一日三餐怎么办?"

"有外卖便当。这样能大幅减少伙食费。如此一来,婆婆仅靠自己每月六万的养老金也能生活了。"

"开什么玩笑?世界上哪里存在每月六万就能生活的人?"

"啊,真的吗?可是住在家里就不需要支付房租啊。"

"要花的不仅是伙食费,还有水电费和医药费呢。"

"超高龄人士的医药费只需要自己负担很小一部分吧,水电费也花不了多少……不,好像的确不太够用。既然如此,如果是每月三万,我们还是可以负担的。"

其实三万都很难掏出来,但总比现在好多了。他们两兄妹每人九万,一共十八万的生活费未免过于夸张。

"笃子小姐,你不要太过分了。"

沸腾的岩浆蕴含着愤怒的力量。不知何时,她在电视上看到过那样的画面。她感觉,志志子的岩浆马上就要爆发了。

"我知道你有什么企图,不就是图我住在附近,让我时常过去看一眼就好吗?"

那又如何?我这样想有什么不对吗?

"你可别以为我很闲。你是不是觉得,我两个儿子都长大成人了,现在过着二人世界的生活,日子悠闲得很?"

是的,我就是这样想。难道不是这样吗?

"怎么会,我不可能……"

"跟你说,我现在过的也是养老生活。按照过去的标准,五十几岁已经是隐居的年龄了。我保障一下自己悠闲快乐的老年生活有什么不对?电视上也说,日本人虽然长寿，但健康的寿命并不长。你要我整天忙着照顾我妈？开什么玩笑。要是她没过几天卧床不起了，那该怎么办？而且我哥到底怎么说？让老婆打这个电话，他也太狡猾了吧。他怎么不自己打过来？"

"那是……"

"啊，难道你没跟我哥商量，自己打电话过来了？"

"绝对不是！"

她忍不住提高了音量。"我跟章先生商量过了。志志子小姐，真的很抱歉，我们家已经没钱了。"

"我才不管那个。"

电话另一头似乎传来了哼笑声。

"你跟我哥说，他小时候受尽父母宠爱，老了却要抛下他们不管吗？"

笃子无言以对。

丈夫以前告诉她，两兄妹是保姆抚养长大的，对母亲没什么感情。这话跟志志子的说法差距太大了。然而，她无从得知以前是什么情况，而且每个人的感受也不尽相同。

"怎么能说抛下不管呢……我说的是现实问题，家里真的没钱了……"

"以前光顾着疼爱儿子,老了就搬到女儿家附近。这件事我一辈子都无法原谅。要是他们当时没搬到九十九里,而是搬到哥哥家附近,我倒还能谅解。"

"志志子小姐,你该不会想说,我这个当儿媳的要伺候老人吧?"

"怎么会,别开玩笑了。你没有义务伺候老人,让我哥伺候就好了。反正看护不分男女。"

嘴上说得轻巧。这是资深家庭主妇的通病。她们可能从未遭受过社会的毒打,反倒自尊心高得离谱。

"我说,笃子小姐啊。"

志志子停下来,大声叹了口气。

"笃子小姐你的想法太可笑了。你无非就是想有钱的多出点,对不对?那也太不要脸了。你跟我哭穷,我找谁哭去?"

"活得这么穷,可真是对不起啊。"

笃子无意中用上了最嘲讽的语气。

对方明显倒抽了一口气。

她也知道自己的语气不好,但已经忍无可忍了。

"您的想法我都明白了。不用再说了。我把婆婆接过来就是。"

"哈?你说啥呢?你家这么小,怎么一起住?"

"当然可以。勇人今年四月搬进了公司宿舍,他的房间空出来了。"

"我妈肯定不答应啊。真是的,你到底在想什么?"

"都说了多少次了!我们家,没钱!"她大喊一声,忍不住挂断了电话。

气得双手发抖。

"你怎么说那种话……"

丈夫撑起身子看了过来。他的表情很复杂,似乎很困惑,又好像很恼火。

"你不愿意跟你妈住一块儿吗?"

"倒不是不愿意……可是,你要真把她接过来了,咱们可就无法像以前那样轻松了。更何况,最辛苦的不是笃子你自己吗?笃子,你真的愿意吗?"

"能有什么愿不愿意,我们给不起赡养费了啊。"

她必须明确表示自己并不愿意把老人接过来住。

"是吗,真对不起。"

丈夫脸色马上阴了下来。见他这个样子,笃子的怒火已经快变成了同情。

他被公司裁员,失去了家中栋梁的地位,自己也不好过啊。

"好了,反正我想办法就是。"

"谢谢你。"

丈夫很少这样直白地表达谢意,这反倒让她有点担心。难道他已经消沉到这个地步了?

"不过关键在于婆婆是否答应。"

她又想起了护理院的豪华门厅。那里铺着软乎乎的红色地毯,挂着豪华水晶吊灯,乍一看跟一流外资酒店差不多。而且,护理院请的都是一流厨师,不知笃子用廉价食材做的饭菜能否合她老人家口味。

"我到护理院去跟老妈说说吧。"

不用想都知道,他一个人过去,万一被婆婆拒绝了,只会乖乖夹着尾巴回来。

"我也去吧。"

她一定要坚持立场,斩断这笔每月九万的花销。

18

几天后,笃子与丈夫去了九十九里的护理院。

婆婆化了妆,穿着一件连衣裙,外披风衣,站在大厅等着他们。可能因为那身衣服,她看起来跟平时神情呆滞的婆婆有些不一样。

"大致的情况我已经听志志子说了。"

笃子似乎很久没听见婆婆发自丹田的有力声音了。平时他们都会到谈话室交谈,这次可能不希望别人听见,婆婆马上把他们带进了自己房间。

"听说你们两个都失业了?"婆婆走进迷你厨房泡茶,回头问了一句。笃子觉得她的表情有点高兴,莫非是错觉?

"我们的公寓很小,也不如这里气派,实在很对不起您……"

"怎么会。"

婆婆打断了儿子的话。"笃子小姐,劳烦你了,今后请多指教。"

说完,她深深低下了头。"章,你走的时候去一趟办公室,把月底退房的手续办好。"

看来,婆婆已经做好了决定。这让笃子很意外。

她本来做好了无论如何都要说服婆婆的准备,现在感觉像是扑了一场空。原以为听了志志子添油加醋的描述,婆婆会抵死不从,没想到竟会这样干脆。

"那个……志志子小姐没说什么吗?她没生气吗?"

"气极了。"婆婆苦笑着说。

"啊,果然。"

"但我已经下定决心了。从今天开始,我会一点点收拾好行李。"

"老妈,别勉强自己,万一受伤了可不好。我过来帮忙吧。"

喝完茶,三人一同走到大厅,完成了解约手续。

在婆婆的目送下,她跟丈夫走向了车站。

"天气真好,天空好蓝。"

丈夫露出了久违的笑容。

"是啊,心情真好。"

她用力吸了一口气,空气中带着潮水的气息。

"勇人的房间都清空了吗?"

"全是东西。"

"得早点收拾起来。"

"是啊,今晚我就打电话叫勇人过来收拾东西。"

他们走进车站前的咖啡厅。好多年没有一起喝咖啡了。

下一个星期六,勇人回来了。

走上社会后,他还是那么开朗,连家里都难得有了明快的氛围。

笃子还没对勇人说过丈夫被裁员的事情。虽然没有商量好,丈夫也同样缄口不言。可能他们夫妻俩都不想让刚走上社会的儿子担心太多。

勇人挽起袖子整理衣柜,把不要的东西全都堆在了房间角落。笃子在旁边给垃圾分类,丈夫则把垃圾带到门口。

"老爸,你最近很居家啊,以前明明什么家务都不干。"

"哪有什么都不干。"正在捆垃圾袋的丈夫抬起头说。

"就是有。"

勇人笑着应战,丈夫的表情瞬间僵硬,但很快挤出了笑容。"不要的东西就这些了?"

"纪念品都放在纸箱里,拿到门边的储物间去。"

"知道啦。"

"做完了就休息一会儿吧,我去泡茶。"

因为很久没见勇人,她也想问问公司和宿舍的情况如何。话虽如此,也要注意不让勇人发现丈夫失业的事情。要是知道了,勇人搞不好会提出交钱回家。她不仅不想让儿子担心,也不想失去身为父母的尊严。

她走进起居室,泡了苹果茶,又配上了今早做的葡萄干麦芬。因为要极力避免多余的消费,她用了一直被冷落在冰箱一角的葡萄干。她已经想不起自己何时买了这东西,都放得又干又硬了。不过,她用同样不记得何时买回来的朗姆酒泡了一晚上,那些葡萄干就变软了。原本还担心烤不好,没想到成品又香又软。

"哇,这个真好吃。"

丈夫咬了一口,满意地笑了。

"真的,肉桂的香味恰到好处,特别好吃。"勇人也露出了笑容。

前两天,她打电话叫勇人回来收拾屋子时,儿子这样对她说:"笃子小姐,你跟奶奶那样的人住一起,真的没问题吗?"

勇人好像也不太亲这个奶奶。因为婆婆眼中的第一个孙子是志志子的大儿子,因为是头孙,她有段时间经常往志志子家跑。反过来,除了过年和过盂兰盆节,她几乎从不接触笃子的孩子。

"那个人让人搞不懂她到底在想什么啊。"

她没想到连勇人都有这种想法,顿时对同居生活产生了更多的不安。

但是,除此之外别无选择。

"麦芬好好吃,笃子小姐又那么会做饭,奶奶真幸福。"勇人奉承道。

可是,丈夫却静静地说:"很难说啊。"

她转过去,发现丈夫的鼻翼微微张开。

那是他洋洋自得时的表情。

"老妈一直以来只认梅森凯瑟的面包,羊羹只吃虎屋的,茶必须是鹿儿岛的知览茶,所以麻烦你照顾照顾她。"

笃子看着他，觉得难以置信。

瞎说什么呢？我们明明就是因为没钱才把婆婆接过来的。

可能注意到笃子眼中的怒火，丈夫慌忙补充道："你想啊，老妈从小就是千金大小姐。不过，呃，其实也不用那么讲究……吧。"

她还没跟婆婆住到一块儿，就已经感到异常烦躁了。这让她不敢直面心中的情绪。难道把婆婆接过来，花销甚至会超过九万？她之前想都没想过。

太大意了。

其实根本不用想。婆婆习惯了奢侈生活，从来不知道节俭。可她知道家里经济困难，而且也经历过二战时期和战后贫困的日本。即便是经济高度成长时期，人们的生活也不像现在这样物欲横流。

所以，她以前一直觉得没问题。莫非她太天真了？

"我们还挺有钱啊。"勇人突然说。

"你怎么这么想？"

"我看到同宿舍的人，就这么想了。大家都特别节俭，几乎每个人都认真存钱。反正我从来没听说哪个同龄人像奶奶那样,一定要吃这里的面包,喝那里的茶。"

"就是啊,不知道的还以为是哪儿来的有钱人呢。"她极力嘲讽地说,"章先生,能不能让婆婆用便宜的东西将就一下啊。虽然不是完全负担不起……"

丈夫打断了笃子的话,飞快地说:"这就交给笃子了。"

"奶奶不是也有养老金吗?她用自己的养老金过讲究的生活不就好了。"

勇人一句漫不经心的话,让笃子听了心中雀跃不已。

她此前只顾着想再也不用付九万日元的赡养费,完全忘了婆婆也有养老金。

"不愧是勇人,说得太好了。没错,她喜欢的东西,就让她用自己的养老金买吧。"

她实在太高兴,忍不住笑了起来。

19

再过两周，婆婆就要搬到家里来。

那个周一，笃子开始在便利店打工。

她一直想找稳定的文职工作，但决定放弃了。这几个月，她跑了无数趟职介所，又在网上查了无数招聘信息，已经知道没有特殊资质的五十岁女性绝对不可能找到文职工作。身处顾不上站着干活太累的现实，她总算能放下身段，干这种工作了。

不过，她还是很谨慎地选择了工作地点。太远了会累，太近了容易被熟人碰到。她一点都不想被同住一栋楼的闲人大婶问东问西，所以刻意选了骑自行车要十分钟的便利店工作。而且她认为，便利店的人际关系更简单，比商店街那些老店更轻松。

她的时薪是一千日元，晚上十点过后就会加到一千二百五十。如果只考虑金钱，最好是从晚上十点干到天亮。因为店铺开在热闹的场所，深夜也有两名以上的店员，安全方面不成问题。可是，笃子听说，要是一直过昼夜颠倒、见不到阳光的生活，有可能会损害健康。关键在于，她很担心这会引发更年期抑郁。毕竟现在的日子本来就不轻松了。

想来想去，她决定从早上七点干到下午三点。这样不仅能早点回家，实际工作时间也有七个小时。考虑到有的日子可能会特别累，这样就能早点睡觉。等习惯了工作，她还可以另外找一份只在傍晚做几个小时的兼职。

便利店的工作比她预想的还要繁杂。店里不仅卖邮票和大型垃圾处理券，还代收水电费和网购包裹、代理保险和门票销售、预约礼品、干洗衣物，没完没了。有时顾客还会询问多功能复印机和ATM的使用方法，她也得一一掌握。每天好几次商品上架，累得她腰酸背痛，同时还得制作关东煮和油炸食品，打扫清洁也让双手越来越粗糙。虽说如此，她还是暗自得意自己工作掌握得很快。

不过，店里的客人经常让她气血上涌。有人不愿意排队，在收银台前插队买香烟；有人朝收银台扔几个小钱，拿起报纸就走；有的老人声音太小，听不清再问一遍就冲她发火。这些事细数起来真是无穷无尽。有人每次把书拿到收银台，都要正面朝下。一把年纪了除了色情杂志难道不能想点别的吗？比如地球环境问题，或者孩子的将来。就算真的要买，堂堂正正地买不好吗？她很想对某些人这样说，却只能强忍着用笑脸相迎，最后积攒了不少压力。然而最痛苦的果然还是她当初担心的问题——要一直站着。

丈夫一直找不到工作，依旧每天待在家里。

刚开始那段时间，笃子每天午休就会骑车回家，做点简单的东西两个人一起吃，然后又匆匆忙忙地骑车上班。然而，这种慌张的生活她只过了三天，就忍无可忍了。

自己从早到晚都要工作，丈夫却闲在家里看书看电视。虽然他还能领失业保险，可她一看到那人悠闲自在的样子，就气不打一处来。所以第四天，她午休就没回家，在便利店后门吃了点饭团果腹。第五天开始，她连上班前为丈夫准备午饭的步骤都省了。

这样可能会让两夫妻越来越疏远。她心里虽然这样想，但一直站着工作实在太累，心中对丈夫的同情难以避免地渐渐变成了轻蔑。

婆婆的行李多得吓人。

护理院的房间平时整理得干干净净,她应该没什么东西才对。屋里只有个一点五平米大小的柜子,小小的餐具柜上也只摆着几个像美术品一样陈列的茶杯,因为不在房间里做饭,连餐具都很少。

但是婆婆的行李根本无法完全塞进勇人的房间,连起居室和走廊都被纸箱填满了,找不到地方落脚。

"老妈,你这么多行李,之前都放哪儿了?"丈夫也一脸惊讶地问。

"以前没跟你说吗?我租了行李间。"

那还真是头一回听说。难道每月九万的赡养费里还包括了行李间的租金?

"放在空房子里不就好了?"

"你们当初不是说要把房子卖了吗?"

这也是头一回听说。

"好像是哈。"

丈夫似乎知道。

"这回我干脆连行李间也一块儿解约,全都搬过来

了。"

"这么多咱家也放不下啊,为啥要解约?"

"你们不是说没钱吗?两个行李间每月要两万八千日元租金,我也不好意思再让你们负担了。"

"原来如此。"

什么原来如此啊。

"可是这么放着,咱们没法生活啊。"

"我没想到这里这么小。"

"你说啥呢,不是都来过好几次了。"

"来是来过。原来是这样的吗?"

"老妈你一直住在大酒店一样的护理院,感觉已经出现偏差了。"

笃子一边泡茶,一边默默地听母子俩说话。

"呀,这茶真好喝。笃子小姐很会泡茶呢。"

她被夸奖了,但心里并不高兴。

因为她咬牙买了鹿儿岛的知览茶,而且是金印。因为她总听说老人家对茶很讲究,何况婆婆又是突然换了个陌生的环境,至少喝茶这方面应该随她的心意吧。

可是,此举好像是给自己掘了坟墓。因为被夸奖了,笃子感觉今后也必须一直给婆婆喝这种茶才行。

不是都说开头是关键吗,她这下算是失败了。早知道就给婆婆泡便宜的玄米茶了。

她一直摆脱不了糟糕的预感。家里今后不会陷入更贫穷的境地吧?

那天夜里,趁儿子洗澡的空隙,婆婆拿出银行存折和借记卡交给了笃子。

"这是养老金账户。虽然每月只有六万,但请笃子小姐随便使用。"

"不,不用了。妈您也得有点零花钱不是。"

"你公公的抚恤金有四万左右,用来当零花钱足够了。"

"抚恤金?"

"那人不是打过仗嘛。"

她一直不知道军人还有抚恤金。

志志子肯定知道吧。

她不让笃子看记账本,难道是因为这个?

20

跟婆婆共同生活的第二天,笃子不得不比任何时候都早起。

以前他们家的早餐很简单,丈夫是咖啡和奶酪吐司,笃子是胡萝卜、香蕉和豆奶做的思慕雪。但是为了婆婆,她早饭必须准备味噌汤。除此之外,还得准备婆婆中午吃的便当,害她忙得直跳脚。给婆婆做了便当,当然也要做丈夫那份,虽然她很不愿意,但还是顺便做了。

结束便利店的工作回家后,婆婆仿佛专门等着她,立刻就从房间里走了出来。可能她一整天独自待在家,实在有点寂寞吧。丈夫当着婆婆的面,可能不好意思躺着无所事事,便每天往外面跑。好像不是去职介中心,就是在书店或图书馆打发时间。

婆婆那一大堆行李全都送回了九十九里的空房子,

家里好不容易整理好了。虽然运费是婆婆付的，但是面对老人家几乎不存在的金钱观，笃子已经气得说不出话来。

"笃子小姐，不好意思，能帮我泡杯茶吗？"

婆婆每天都会迫不及待地对她说出这句话。笃子感到特别不可思议。

你自己泡茶不行吗？

我刚下班，都快累死了。

其实她很想这么说，但绝对不能说出来。

"好啦好啦，现在就泡。"

她违心地装出了开朗的样子。再这样下去，压力导致胃穿孔只是时间问题。跟婆婆生活在一起，导致她一刻都无法放松，一直积攒着压力。

另外，她还惦记着沙也加的事情。笃子经常打电话过去，每次那边都很不耐烦，而且马上就挂了。她一边担心得不得了，一边想到万一女儿离婚回来了，又忍不住长吁短叹。婆婆已经占用了勇人的房间，那她只能把自己的房间让给沙也加。如此一来，她又要跟丈夫在一个房间起居了。可是她怕冷，丈夫怕热，那么做就是把她逼回了连开个空调都不合心意的生活。

一想到自己可能失去独处的空间,她就特别烦躁。

"妈,壶里有热水。"

她忍不住说了出来。"您能自己泡茶吗?"

婆婆惊讶地看着他。

"我想你帮忙把茶壶的茶叶换了。从早上开始就没换过。"

"那您不会自己换吗?"

笃子忍不住加重了语气。

"我自己换?我能进厨房吗?"

"什么意思啊?"

"以前不是都说厨房是女人的城池吗,要是我在厨房里到处乱碰,笃子小姐肯定会不高兴吧?"

"啊?那也太老套了。"话语不受控制地脱口而出,"我可没把厨房当作自己的城池。请您随便用,别跟我客气。要是您能尽量做好自己的事情,我反倒觉得您帮大忙了。"

"什么啊,原来如此。那你怎么不早说呢?"

她气极了。

丈夫这么不着调,极有可能是随了他妈。果然不应该把她接过来同住。笃子感到万分后悔。可是,再也不用支付每月九万的赡养费,这实在太重要了。而且,婆婆还把六万日元养老金都交给了家里。

"笃子小姐,如果我可以用厨房,那明天早饭和中午的便当你都不用做了。"

"真的吗?"她实在太高兴,忍不住大声反问道。

"笃子小姐一直都这么热心做早饭,所以我一直没能说出口。其实啊,我早上只要一个苹果就好了,这样不会消化不良。而且,中午也想随便做点自己想吃的东西。"

她万万没想到,婆婆竟然也在顾虑儿媳。

"妈,您才应该早点说啊。"

婆婆马上拿着茶壶进了厨房。隔着吧台,笃子能看见她倒掉茶渣,换上新茶叶的背影。

"笃子小姐,你要喝吗?"

"嗯,麻烦您了。"

就在那时,上衣口袋里的手机突然响了。

是皋月打来的。

"笃子姐,你很忙吧,真对不起。我有件急事想求你帮忙。"

她听起来很慌张。

"怎么了?"

"是这样的,我婆婆失踪了。然后……"

"啊?失踪了?"

她反问了一句,婆婆似乎也吃了一惊,停下了正在倒热水的动作,转头看着笃子。

"你婆婆不是住院了吗?"

"那个……"

"已经出院了?"

"嗯,是的。"

"她什么时候出门的?"

"呃……"

"难道今天早上出门了,一直没回来?"

"不,更早以前。"

"难道昨天晚上就没回来?"

"不是,那个……已经一个多月了。"

"哈?"

她们听完区政府主办的演讲,到皋月家做客是上个月的事情。当时邻居家老太太询问皋月她婆婆去哪儿了,皋月不是说在住院吗?难道她说谎了?对了,她当时的确很含糊其辞,没回答医院名称和病名。

"那你找我干什么?"

由于她突然压低了音量,一直紧张旁观的婆婆似乎以为没什么事,便转移到餐桌上,一边喝茶一边翻开看到一半的书。

"政府那边联系我了,说要做家庭访问。"

"哦,政府的人还挺热心啊。"

"不对,我现在可为难了。"

她搞不懂皋月到底想说什么,只知道对方的语速比平时都快,显然特别着急。

"皋月你直说吧,到底想求我干什么?"

"不好意思,笃子姐,你能把婆婆借我用一天吗?"

"把我婆婆……借给你?"

听到这句话,婆婆合上了书,用唇语问道:"怎么回事?"

"最近养老金诈骗不是变成社会问题了嘛。"

"养老金诈骗?就是隐瞒老人已死的消息,继续领他们的养老金?"

"没错,就是那个。政府的人为了防止这种行为,会定期进行家庭访问,确认老人是不是真的活着。"

"那很好啊。"

"不是那个意思啊,笃子姐……我不想他们上门调查啊。"

"为什么不想?你只要告诉他们老人家失踪了不就好了。你们报警了吧?"

"啊?呃……嗯。"

这也太不干脆了,一点都不像皐月。

说不定老人压根没有失踪,其实是去世了?

她把老人埋在了自家地板下面?

话说回来,皐月家的确不像住了个老人的样子。因为老人总是把"太可惜"挂在嘴边,舍不得扔掉没用的东西。不仅如此,还喜欢不断往家里买东西。所以,有老人的家里总是堆满了东西。

可是,皐月家却特别干净,美乃留甚至问她是不是刚做完断舍离。

这也太奇怪了。

"我真的只能求你了,请你一定要把婆婆借给我。拜托了。"

皐月的声音变得有些模糊,可能在电话那头深深鞠了一躬。

"可你这么说我也……"

脑中亮起了危险信号。

还是果断拒绝为好。

快拒绝啊,我!

可是,她跟皋月认识这么久了,并不认为对方是把尸体埋在地里那种人。

只不过……可惜啊,人都是会变的。

要是没了钱,连人格都会改变。为了活下去,人会变得不择手段。

所以,也有同情的余地,不能一味指责这是坏事。

尽管如此,她也不能帮忙。

毕竟,万一露馅了怎么办?

她就变成共犯了。

她正要开口拒绝,突然醒过神来。

就算她不拒绝,婆婆肯定也会拒绝。

这是理所当然的啊。想到这里,笃子瞬间放松下来,恢复了冷静。

"我先问问我婆婆吧。"

"你能现在问吗?政府的人明天就要来了。本来他们要搞突击检查,但是遭到居民强烈反对,最后改成了提前一天通知。"

"哦,政府也挺有手段啊。"

"要是你婆婆愿意帮忙,我们还得合计合计。政府的人除了询问姓名和生日,说不定还要问生平履历什么的。"

"我婆婆现在出门了,等她回来就问。"

她说出谎言的瞬间,婆婆惊讶地看了过来。

"她几点能回来呀?"

"嗯……还有半个小时应该就回来了。"

"知道了,等老人家回来,请你马上打电话给我。拜托了。"

通话结束。

"刚才那到底是什么电话?"

婆婆疑惑地看着她。

"其实……"

她面对婆婆坐定,如实告知了通话内容。

"这事有点奇怪啊。"

"无论是谁都会觉得很奇怪。不过没关系,我会果断拒绝她。"

既然已经说了婆婆出门在外,她不能马上回电拒绝。

先等一段时间吧。她喝了一口婆婆泡的茶,已经凉了。

"不过倒是很有意思。"婆婆突然说。

"啊?什么很有意思?"

婆婆没有回答她,而是意味深长地笑了笑。她从未见过婆婆露出这种表情。或许,她根本不了解婆婆这个人。虽然已经结婚这么多年,但双方并没有频繁来往,更没有聊过这种深入的话题。

"有多少啊?"婆婆问。

"听说八十五岁了。"

"我不是问年龄,是问能拿多少钱。"

"拿钱?凭什么?"

"这种事肯定不能免费吧。你能打电话问问她,愿意出多少钱吗?"

她看着婆婆,无言以对。果然,自己对婆婆一无所知。

婆婆目不转睛地看着笃子手上的电话,似乎在催促她。

"对方不是也很急吗?"

"嗯,是的,可是……"

开什么玩笑。

"还是先等等。"婆婆说。

笃子抬手要把手机收进口袋里,婆婆可能以为她要打电话。

"我们最好先商量好对策。那个皋月小姐的婆婆真的失踪了吗?如果没有,为何不在家?他们为何没有报警?这些问题我们最好不要搞清楚。"

婆婆一脸严肃地道出了几条要点,看起来就像老练的女刑警。

"笃子小姐也这样想,对不对?如果知道了实情,很可能要被视作共犯。"

她惊得说不出话来,婆婆早已一口喝干了煎茶,看了她一眼,然后继续道:"政府来确认情况,是一年一次吗?"

"这我不太清楚。"

"这点很重要,你问问皋月小姐。"

"哦。可是,为什么重要啊?"

听了她的问题,婆婆毫不掩饰皱眉的表情。

——你是笨蛋吗?

她的眼神仿佛在这样说。

"假设皋月小姐的婆婆按时缴纳了国民年金①保险费,那么一年大约能拿到七十万的养老金。如果政府每年来检查一次,嗯……"婆婆支着下巴,注视虚空,"我们收十万应该不过分。"

"十万?"

"没错,十万。只要我们帮忙一次,她就能稳拿一年的养老金。而且我们还要承担共犯的风险,你别忘了好吗?"

婆婆的话虽然很客气,想法却很吓人。

"可是妈,那也太……"

"如果你不愿意,那就干脆拒绝。"

是应该拒绝。

皋月只要跟政府的人实话实说不就好了。如果要拒绝,就得尽快打电话。因为皋月刚才好像很慌乱的样子。

她当着婆婆的面拨打了号码。电话铃刚响一声,皋月就接了电话。

"喂,你跟你婆婆说了吗?怎么样?"

---

① 国民年金是居住在日本的20岁以上60岁未满的人加入的年金制度,也被称为基础年金。加入厚生年金时自动会加入国民年金。

她迫不及待地问道。

"不好意思,我们要拒绝。"

"为什么!为什么啊,这明明很简单啊!"

平时一直对她使用敬语的皋月,此时却愤怒地大吼起来。看来她比笃子想象的还要着急。

皋月小姐,我婆婆说,只要你给十万块钱她就答应。这种话太荒唐了,她说不出来。

"笃子姐,求求你了,真的,拜托。"

她眼前浮现出皋月深深鞠躬的样子。

"老人家只要躺在床上就好。我真的不知道该找谁帮忙了。附近那些老太太口风一点都不紧,肯定转眼就会传开,我完全不敢找她们。"

"美乃留小姐那边呢?"

笃子也觉得自己很卑鄙。什么叫己所不欲勿施于人呢?可是为了避免皋月纠缠自己,她还是忍不住说了出来。

"美乃留小姐的母亲肯定一看就像有钱人家的贵妇人,而我婆婆则是从早到晚炸肉饼的劳动人民,感觉太不一样了。笃子姐的婆婆不是在点心店长大的吗?当然,她老人家肯定比我婆婆更优雅,不过两人都是商人家的女儿，气质上肯定有相似之处。"

就在那时，坐在对面的婆婆突然把手伸了过来。

干什么？笃子用目光询问。

"把手机给我好吗？我来跟她说。"

"啊？不，这……"

婆婆抢过了笃子的手机。"你好，我叫后藤芳子，很高兴认识你。"

笃子慌忙绕过桌子，紧紧贴着婆婆，好听见皋月在说什么。

"您就是后藤老太太吗？我叫神田皋月，很高兴认识您。"

"你好像特别为难啊。"

"是的。"

"政府的家庭访问是一年一次吗？"

"这次是初次尝试，所以不太清楚。不过政府的职员也很忙，确认老人家还在后，应该不会经常来。"

"想必也是。我可以帮你这个忙。"

"妈，你说啥呢！"笃子喊道。

"真的吗？老太太，真是太感谢你了。我会记住您的恩情。"

明明能听见笃子的声音,皋月还是带着哭腔感谢道。

"一次十万,你看如何?"

皋月一时间没有回应,可能有点无言以对。

"呃……十万?"

"是的,十万。"

"妈,别说了!"

"嗯……那么……就十万吧。拜托您了。"

皋月已经彻底无视笃子了,用硬挤出来的声音回答道。

"既然定下来了,那我们得赶紧开个会。"

"我开车过去接您。但是邻居眼杂,我想等天黑以后。您看方便吗?"

"可以,我等你过来。"

"那待会儿见。"

通话结束。

笃子连插嘴的余地都没有。

婆婆和皋月两个人三言两语就把事情谈成了。

"妈,您真的要这么做吗?"

"当然了。那十万就用来贴补家用吧。虽说上了年纪,但我还想派上些用场呢。"

"那样赚来的钱,我……"

"见到有困难的人,怎么能不帮助呢?皋月小姐是你的朋友,对不对?还是说,你连多年的朋友都不信任吗?你觉得她是干坏事的人吗?"

"不……皋月人很好。可是——"

"对吧?那你就应该相信她。每个人总有一些难以启齿的事情,你都不是小孩子了,连这都不懂吗?"

"那您为什么要收人家十万?"

"你这人真是的,都一把年纪了……"婆婆叹了口气,"对方肯定也是出了钱才会更心安理得啊。"

"真的吗?我看皋月好像不这么想啊。"

"总而言之,这是我与皋月小姐的交易,跟笃子小姐没有关系。你能不要再唠叨了吗?"

婆婆说完便戴上了老花眼镜,翻开没读完的书,显然不打算再跟笃子交谈。

之后,笃子一个人坐在房间里,呆呆地盯着电脑。

屏幕上罗列着招聘信息。她为了找一份文职工作,依旧每天在网上检索信息。之所以这样,是因为便利店的工作越来越辛苦了。她开始腰痛,很想减少每天的工作时间,并且每周工作不超过三天。

可是那样一来,工资也会变少。

十万……

好想要钱。

要是丈夫一直找不到工作怎么办?她还得考虑沙也加离婚后的生活。光是想到沙也加,她就感到胸口一紧。

还有好多年才能领养老金,在此期间,养老金的预计领取额度很可能会下降。医疗费的个人负担部分肯定也会提高几成。考虑到社会正在快速加剧高龄化,无论是谁都能预料到这个结果。

她越想越不放心。

接到皋月打来的电话时,她还觉得协助养老金诈骗是万万不可取的事情。可是,她又很在意皋月着急上火的声音。可能正如婆婆所说,每个人都有自己的难言之隐。

如果是以前的皋月,她会毫不犹豫地相信。可是最近呢?

贫穷甚至会改变人格——那是真的吗?每个人都会这样吗?

皋月绝不会做那种给别人添麻烦的事。这次这件事，放到以后肯定也是成为笑话的素材。

不然，婆婆那一脸了然的表情如何解释？她虽然没有明说，但好像猜到了皋月的情况。换言之，婆婆可能知道去当替身也无所谓？

想着想着，就到了去皋月家的时间。

21

皋月家还是东西很少,收拾得干干净净。

"我婆婆叫神田竹乃。"

说着,皋月递过来一张照片。

上面的老人弓着背,深邃的皱纹透露了长年的辛劳。

"无论怎么看,我跟她都不像啊。"

婆婆虽然八十多岁了,还留着一丝年轻时的风韵。

"是啊,无论换谁看都不像一个人。"

皋月为难地皱起了眉,但毫不客气地凝视着婆婆。

"后藤阿姨比我婆婆漂亮多了。"

虽然皋月表情严肃,婆婆却很是受用,表情突然明亮了许多,还活力十足地说:"戴上口罩应该就看不出来了。"

"口罩啊……不过那可能反倒招来怀疑呢。"

"那倒也是。不然我戴眼镜吧。"

"戴眼镜不错。再把头发弄乱一点,不化妆。"

"不行,我才不要素颜见人。"

"可是我婆婆平时都不化妆。"

"那也不行,我不愿意。"婆婆负隅顽抗道。

"一直卧床的人还化妆,您不觉得很奇怪吗?"

"那倒也是。那……好吧。"

"先不说这个了,还有好多东西要请您记下呢。"

"也对,政府的人肯定会提问题吧。"

"我婆婆出生于昭和五年二月二十七日,属马,家乡是石川县……"

"等等。"婆婆皱紧了眉头,"你突然说这么多,我也记不住啊。"

"我猜您会这么说,就准备了笔记。"

婆婆接过皋月递过来的纸张,戴上老花眼镜看了起来。

"有两张?这也太难了。"

她喃喃自语之后,长叹一声。"我看看?父亲名叫源次郎,母亲名叫千代,家里兄弟八人,从上到下分别是长次郎、悦子、竹乃、勇次郎、雪子、宏、进、清子。唉,这名字起得毫无规律,太不好记了。怎么不叫一郎、二郎、三郎呢。"婆婆兀自抱怨道。

"寻常小学校毕业后出门工作，十八岁相亲结婚，后来生了三个孩子，从上到下分别是智子、哲也、秀树。孙子有八个，名叫……"

婆婆吐了口气。

"这边是我公公的资料。"

皋月仿佛乘胜追击，又递了一张纸过来。

那上面也写着密密麻麻的字。

"啊，这张也得记？不过那倒也是啊。"婆婆自问自答道，"哪有妻子不知道丈夫的人生和丈夫的父母兄弟叫什么的呢？"

"可是——"婆婆说到这里，停下来喝了一口皋月泡的红茶，"我一晚上可记不住这么多。"

"您别这么说，拜托您帮帮忙吧。其实我这里还有一张。"皋月又拿出了一张纸，"这是家里发生的小事情，还有我婆婆比较自豪的，或是比较快乐的回忆。"

"是啊，只要活得久，就会经历很多事情。"

还是拒绝吧。应该拒绝才对。

就算是年轻人，一个晚上也记不住这么多内容，更别说八十几岁的老人了。

"不行,我记不住这么多。"婆婆摇着头说。

"可是……您要是不记住,那我可就为难了。"

皋月平时谦逊的态度不知去了哪里,毫不客气地朝婆婆凑了过去,"阿姨,这可是做生意。我要付你十万日元,所以你得好好演啊。"

皋月太拼命了。

明明不愿意想,笃子还是忍不住在脑中描绘出了正在地板之下腐烂的尸体。

"真对不起啊,我不该轻易答应你。抱歉,你能找别人吗?"说完,婆婆站了起来,"我们留在这里只会碍事。笃子小姐,先告辞吧。皋月小姐肯定要忙着找另外的人选。"

"请等一等,我真的找不到别人了。能拜托您帮我这个忙吗?"

皋月用恳求的目光盯着婆婆。

"没办法,政府的人一问,我就会露出马脚。到时候总不能说这是开玩笑吧?"

"既然如此——"皋月说到一半,表情突然明亮起来,"干脆就说我婆婆得了老年痴呆吧。"

笃子很想早点回家。

她知道这样很对不起皋月,可她真的再也不想掺和这件事了。

"痴呆症?好主意,不愧是皋月小姐。这样一来,无论我说什么胡话,政府的人也不会怀疑了。"

"对吧?就当我婆婆已经忘了父母兄弟和丈夫的名字。"

两人顿时意气相投,恨不得紧紧握住彼此的手。

笃子心里只有不好的预感。

不过皋月是个可靠的人,婆婆也绝不轻浮。如此想来,她又觉得是自己太杞人忧天了。

22

第二天，她们一早就到皋月家做好了准备。

今天是烘焙店的休息日，皋月的丈夫没在，说是去了亲戚家。

婆婆穿上了皋月婆婆的睡衣，躺在床上，神情有点紧张。两位老人虽然面容不相似，但都是身高一米五出头，体型中等。婆婆把棉被一直盖到下巴，戴着眼镜等候工作人员出现。

笃子在相邻的和式房间等候。只要把窗户的遮光窗帘拉上，房间里就变得像夜晚一样黑。这样一来，就算她从隔扇缝隙里偷偷窥视，政府职员也不会发现笃子。

门铃响了。

房间里的气氛顿时紧张起来。

笃子感到口干舌燥。

"打扰了。我是住民课的职员,姓柳田。"

她静悄悄地窥视着,看到一名系着领带的年轻男子走进屋来。他身材高挑,姿态挺拔,看上去也就二十五岁。

"这位是我婆婆。"皋月指着床上的人说。

"您是神田竹乃女士吧?"

职员看了一眼卧床的婆婆,随后把目光转向资料,用笔划拉了两下。

"夫人,能麻烦您在这里盖章吗?非正式印章就行。"

"啊,好的,请稍等。"

笃子看见皋月朝她这边走来,便轻手轻脚地沿着光滑的榻榻米地板边缘挪动,快速躲到了房间一角。

皋月稍稍拉开隔扇,挤进了笃子所在的房间。她朝笃子瞥了一眼,表情十分僵硬。接着,她又走到矮柜前拿出印章,快步回到了隔壁房间。

她再次扒着门缝,看到皋月在职员递过来的文件上盖了章。

"好,今天的确认完毕,打扰您了。"

说完,年轻职员朝她鞠了一躬,转身走向门口。

"您一定觉得,政府的人专门跑上门来确认老太太的存在,简直太失礼了,对吧?"

职员很健谈,边走边说。

"没有,哪会呢。"

皋月的声音也渐行渐远,应该是在送行。

"请见谅,这毕竟也是我们的工作。"

"我完全理解,真是辛苦你了。"皋月假意迎合道。

"现在不是养老金诈骗很成问题吗?那个案子在我们单位也引起了骚动。其实我也不情愿,毕竟有的老爷爷会突然发脾气。"

这人年纪轻轻,好像特别唠叨。

"发脾气?为什么呀?"

"是人都不喜欢别人跑到家里来看看自己是否还活着呀。"

"啊,原来如此,那倒也是。"皋月有气无力地回应着。

"好多人觉得这份工作轻松,其实一点都不。如果都像你这样善解人意,那该多好啊。"

门口传来穿鞋的声音。

"我太理解了,这份工作一定很辛苦。"

"能听您这么说,我也很高兴。那我先走了,告辞。"

拉开格子门的声音。

笃子又等了一会儿,然后才拉开隔扇走了出来。皋月好像到门外去送客了,没有在屋里。婆婆从床上坐起来,笑容满面地看向她。

"他怎么啥都不问,害我白紧张了。"

"还挺简单啊。"

"碰上这么没干劲的小年轻,我倒是谢天谢地了。他连我的脸都没仔细看。可能在年轻人眼里,老太太长得都一样吧。"

就在那时,门外传来好大的声音。

"皋月啊,刚才那个不是区政府的人吗?"

"嗯,是啊。"

从语气来看,皋月似乎特别警惕。

"那个年轻人来干啥啊?"

苍老的声音很是耳熟。说话的人一定是她上回跟美乃留过来做客时,缠着皋月一直问她婆婆的邻居老太太。

"呃……过来谈税金的事情。"

皋月撒了谎。

"税金？什么税金？"老太太的语气十分挑衅，"其实是来看你婆婆在不在家吧？"

"哈？不是啦。"

笃子穿过走廊靠近玄关，悄悄窥视外面的情况。

透过格子门的老式雾面玻璃，她看见外面有两个人的身影。

"你婆婆最近都不怎么露面啊。"

"因为她一直卧床。"

"不是住院了吗？"

"……出院了。"

"哦，那太好了。我今晚能去看她吗？"

"她……不想见任何人，而且可能马上又要住院了。"

"在哪里住院？"

"嗯……还没定下来。"

"没定下来？为什么？"

"医院床位都满了。啊，不好意思，我还有事，先回去了。"

皋月回到起居室，脸上已经没有了血色。她被邻居怀疑,是否开始后悔自己找了替身?看着她消沉的表情,连笃子都有点害怕了。

"阿姨,笃子姐,真是太感谢了。谢谢你们。我这就去泡茶。"

"不用泡茶了,我们马上回去。"

婆婆已经换起了衣服。

"您先别出去,隔壁老太太好像在怀疑。"

婆婆皱起眉,皋月马上又说:"我这有好吃的点心。"说完,她就走进了厨房。

"不过话说回来,现在已经很少看到有人用这种小矮桌了。真让人怀念。"

婆婆说着,依依不舍地摸了摸矮桌表面。

"趁还记得,先把这个给您。"皋月放下茶和点心,又起身到信架上取下一个白色信封,恭恭敬敬地双手呈给了婆婆,"请您点点。"

婆婆毫不客气地当着她的面打开信封,拿出钞票数了一遍。"嗯,正好十张,我就收下了。"

婆婆把放了十万日元的信封装进鳄鱼皮包,美美地喝了一口茶,用牙签切开点心,优雅地吃了下去。

"茶和点心都很美味,谢谢你了。"

婆婆站起来，准备回家。"笃子小姐，我们告辞吧。"

"不好意思，我担心隔壁老太太还在附近，能麻烦两位从店门出去，在洗衣店门前稍等一会儿吗？我这就去开卷帘门。"

她们按照皋月指引，穿过带屋顶的游廊，走进店铺厨房，又穿过了没有亮灯的漆黑店面。只见卷帘门抬起了大约一米，她们弯腰走了出去。

笃子慌忙看了看周围，觉得自己成了间谍。婆婆也神情紧张，紧紧贴着她走。她们一路向前，转过拐角，看到了皋月说的洗衣店。没过多久，皋月就开着轻型货车过来了。

回到家中，婆婆心情特别好。

"你把这个拿去贴补家用吧。"

她拿出装钞票的信封，摆在了桌子上。

"我真的能收下吗？"

"当然了，我也想派上点用场。"

婆婆的表情特别活泼。"要是全日本的失踪老太太都找我去当替身，能赚多少钱啊。"

看她这样子,仿佛下一刻就要高声大笑起来。

就在笃子准备做晚饭时,丈夫从职介所回来了。

"老妈,我看你挺高兴啊,遇到什么好事了?"

"没什么呀。"

婆婆一句话就决定了这事要瞒着笃子的丈夫。

就算是自己人,也还是尽量少说为妙。万一被警察抓到了,被涉及的人肯定越少越好。这事干脆就一直瞒着丈夫吧。

笃子一边做饭,一边反复回想今天发生的事。

有没有疏漏的地方?

有没有引人怀疑的举动?

一想到那个大大咧咧的年轻职员,她就觉得好像没什么可担心的。

心情渐渐平静下来。

她还是太爱操心了。

23

婆婆开始自己照顾自己。

不仅如此,有时笃子下班回来,她还会做点味噌汤和简单的小菜等着她。味噌汤味道很浓,比笃子自己做的还好喝,而且婆婆熨衣服和打扫卫生都很仔细,真的帮了不少忙。

那天傍晚,皋月打来了电话。

婆婆刚从美容院回来,正坐在沙发上喝茶休息。

"笃子姐,不好意思,我能再借你婆婆用一用吗?"

"怎么,又有政府的人来查了?他们怀疑你用替身了?"

婆婆闻言,立刻关掉了刚打开的电视,从沙发上站起来,抿着嘴看向她。

"不对啦,是别的事情。"

"哦,那我就放心了。"

婆婆似乎也放了心,重重坐在沙发上。

"我表姐的婆婆也失踪了,而且也有政府的人来查。"

"她只要说已经报警不就好了。"

她上次也说过同样的话。

"不行啊。"

跟上次一样,笃子完全不明白她在说什么。

到底什么"不行"?

但她并不打算追问,因为知道得越少越安全。而且,她也想起了一叠崭新的万元钞票拿在手上的感觉。

"你表姐家在哪儿啊?"

"从我们家开车过去十五分钟,住在公寓里。笃子姐,你能帮我问问阿姨吗?如果她同意,我这就过去接你们。"

"现在?怎么这么急?"

"政府要下周一才派人过来,不过俗话说以快为善嘛。"

善?这真是善吗?

不过,这的确是助人为乐。想到这里,笃子心里也轻松了一些。

"笃子小姐,那是皋月小姐打来的电话吗?她说什么了?"

婆婆朝这边走了过来,似乎已经等得不耐烦。

"皋月表姐的婆婆也失踪了,而且又有政府的人……"

"可以,我同意。把电话给我吧。"

婆婆伸出了手,于是笃子切成免提,把话筒递了过去。

"你好,皋月小姐?上次承蒙你照顾了。你说的那位老人多少岁?"

"七十八岁。"话筒里传出了清晰的声音。

"比我小了快十岁呢。"

"没关系,阿姨您长得又年轻又漂亮。"

"唉,你这人真是的。我可要当真了。"婆婆高兴地笑着说。

"这不是奉承,是真心话。"

"谢谢你。那么,失踪的老太太还有先生吗?"

"没有,大约两年前去世了。"

"哦,请节哀。老先生以前是做什么工作的?"

"啊?嗯……好像是高中教师,教物理的。"

"哦,那很不错啊。"

"嗯,是的,老先生好像头脑特别好。"皋月的语气变得自豪起来。

"是在公立高中教书吗?"

"是的。听说还是好学校,老先生也是特别优秀的老师……"

"那么说来——"婆婆打断了皋月的吹嘘,"既然老先生是公务员,领的就不是厚生年金,而是共济年金①。他那一代人,妻子领的遗属年金也有不少吧。"

皋月惊讶得沉默了。她肯定没想到那些问题都是为了打探养老金额度。原本有来有去的对话,一下就陷入了奇怪的沉默。

"嗯,是的……可能是比普通人多一些吧。"

"你应该清楚,我们也要承担风险。"

"是的,您说得对。"

"假设遗属年金每年超过三百万,嗯……那我就收五十万吧。"

---

① 共济年金是指公务员等所加入的年金制度。各类公务员在加入共济工会后成为该工会的会员,同时也成为国民年金的被保险者。厚生年金和共济年金合称为雇员年金。

"啊,要五十万吗?"

"如果不行,那我就拒绝。"

"能稍等一下吗?我先问问表姐,等会儿再给您回电话。"

通话中断。

听到"五十万"这个数字,笃子感到背后一凉。

"妈,我有点害怕。"

"别担心,上次也很顺利不是吗?区政府的职员全都是应付了事。"

可是,万一败露了……妈你年纪大了,可能无所谓,我则是要蹲好几年监狱啊。

这句话到了嘴边,她却说不出来。

皋月开着轻型货车,把她们带到了高级公寓林立的新兴住宅区。

这里离车站很近,附近还有儿童公园,布局宽松闲适。

"在这里买套房子恐怕不下五千万吧。"

婆婆走下车,马上看着高楼估算起价格。

"UR公租房①。"皋月告诉她。

"哦,那可有点意外了。看来公共住宅也变了不少。"

"听说三房一厅的房租每月要三十五万。"

"要交这么多钱,怎么不自己买房呢?"

"那也不行啊。"

又来了,皋月的"不行"。

"什么意思?"婆婆问。

"如果没有固定工作,银行就不开贷款,也就无法办分期了。"

那也就是说,皋月的表姐夫妇都不是什么正经人。那也能拿出每月三十五万的房租,究竟是怎么回事?

"原来如此。"婆婆点点头,似乎理解了,"就是那个吧,一家人都靠老太太的遗属年金生活。"

皋月没有回答,而是换了个话题。"他们就住在这栋的十七楼。"

马上就能拿到五十万。笃子这样一想,自从丈夫被裁员,直到今天一直紧绷的心情,似乎稍微放松了

---

① 指由日本独立行政法人都市再生机构(Urban Renaissance Agency)所经营的出租住宅。

一些。原来人有了余裕,就是这种感觉吗?但是她也始终沉浸在害怕事情败露的恐惧之中。

"欢迎。"

一个目如死灰的中年女性开了门。

她胖得堪称病态,跟皋月毫不相像。

"和美,你把资料都写好了吗?"皋月问道。

"嗯,写了。"

和美请他们换拖鞋,但那拖鞋脏得吓人,让她下不去脚。话虽如此,不穿又会让气氛变得十分尴尬。平时很爱干净的婆婆也战战兢兢地穿上了拖鞋。笃子见状,心想这是为了五十万,便咬咬牙也穿上了。

和美带着他们穿过了走廊。

"和美,今天你老公不在吗?"皋月问了一句。

"偏偏他在啊。"和美转过来,一脸嫌弃地皱着眉。

走进起居室,一个肥硕的中年男性盘腿坐在皮革大沙发上,像高中女生似的抱着一个靠垫。

"你们好。"

男人连姿势都没变,好像突出下巴一般点了点头。

房间里杂乱得很。明知道有人来,他们也没收拾收拾。难道说,这是已经收拾过的样子?

皋月看都不看和美的丈夫，直接问和美："老太太的床在哪里？"

"这边。"和美打开了里屋的房门。

看到房间内部，婆婆顿时停下脚步，倒吸了一口气。这也难怪。

这屋子也不知被忽视了多少年，到处都是灰尘，还散发着一股霉味。

"话说，你们也挺厉害啊。"

背后突然传来粗哑的声音，所有人同时回过头去，和美的丈夫已经来到了身后。

"什么厉害？"和美问道。

她丈夫露出了坏笑。"一开口就要六十万，不厉害吗？我还以为是多没品的老太婆，这么一看还挺普通。"

明明说的是五十万，啥时候多了十万？

"六十万是什么意思？"

婆婆歪着头，抬头看向和美高大的丈夫。

"嗯？不是六十万吗？喂，和美，咱们要给多少钱？你不是……"

丈夫说到一半，婆婆就从他身边走过，返回起居室,拿起之前放在房间角落的手提包和外套。

"妈,怎么了?"笃子走过去问道。

婆婆飞快地朝她使了个眼色。

"对吧,你昨天说的是六十万吧?"

"是啊。"

"这老太婆这样,是不是真的老年痴呆了?"

"别这么说,太没礼貌了。"

两夫妻在里屋争吵起来。

就在那时,婆婆转向笃子,夸张地做起了嘴型。

——不,干,了。

"啊?"

由于太突然,她吃了一惊,同时也松了口气。

"那我们先告辞了。"

她们匆匆走向玄关。

她只想尽快脱掉这双脏兮兮的拖鞋,还想呼吸外面的干净空气。

"哎,这就回去了?我们还没谈呢。"

和美慌忙追到门口。"这样吧,我把公公的资料先给您,要是有什么不明白的地方,请给我打电话。"

"你说什么呢?"婆婆装傻道,"我听说皋月小姐认识的老太太生病了,专程过来探病,结果人却不在。"

"啊?"

和美难以置信地回头看向皋月。

"打扰了。"

婆婆匆匆换上鞋走了出去。笃子微微颔首,也跟了出去。老人家朝着电梯大跨步走了过去,当她们两人走进电梯时,皋月也气喘吁吁地跑了进来。

"阿姨,您这是怎么了?"

皋月一问,就被婆婆瞪了一眼。"皋月小姐,你能不要给我介绍那种人吗?"

"您怎么……那可是我亲戚啊。"

"如果你觉得我说话方式不好,那我道歉。对不起。"说完,婆婆又看向笃子,"你呢?怎么想?"

"虽然很对不起皋月,但我觉得妈的判断很英明。"

最好别跟那种人扯上关系,因为他们根本不值得信任。

险些就为区区五十万毁掉了整个人生。如果事情败露,那对夫妇肯定也逃不过惩罚,因此不会对婆婆和笃子造成什么威胁。不过那两个人一看就很轻浮,嘴巴肯定缺个把门的。

"本来我听说是皋月小姐的亲戚，还很放心来着。因为皋月小姐的住处干净整洁，万万没想到他们家却是那个样子。"

"对不起，我最后一次跟和美见面还是三十几岁的事情，所以也没想到她现在变成了这样。"

"而且，皋月小姐还收了介绍费，对不对？"

婆婆开门见山地一问，皋月慌忙躲开了目光。这等于是默认了。

"要是不找点靠谱的委托，皋月小姐自己也要坐牢哦。"

"……是啊，我明白了。"

回家路上，三个人都没什么话。

回到家后，婆婆说："今天我想早点泡澡。"

"那家真的好脏啊，虽然外表是有钱人的高档公寓。"

"笃子小姐，你看到那张床了吗？"

"看到了，那也太过分了。"

"我一想到要钻进那床被子里，心里就瘆得慌。不过啊,如果稍微忍耐一下就有五十万到手,我又觉得应该忍耐。"

"毕竟五十万不少啊,的确能帮补到家计。可是……"

"这次虽然不行,但我们不能气馁。今后也要加油。"

"妈,我已经不想再……"

"如果一次五十万,每个月三十天都有工作,一个月就是一千五百万了。"

"一个月一千五百万?那也太惊人了。如果真能那样,真的好像做梦一样。可是……"

"再往下算,一千五百万乘以十二个月,年收入就是一亿八千万,盆满钵满呀。"

婆婆说得两眼放光,仿佛找到了人生价值。

"嗯,这么一对比,买彩票就显得好蠢呢。"

"没错,比买彩票赚多了。"

"要是别人听见我们的对话,肯定会话都说不出来。"

两人对视一眼,同时大笑起来。

按照现实来讲,每月哪怕只有一件工作,就能为生活带来不少帮助。家里房贷还没还清,不如让皋月放开去找活干吧?这样皋月也能赚不少介绍费。

我该不会把这当真了吧?

要是失败了怎么办?这样会给勇人和沙也添麻烦。

"今天虽然很糟糕,但是也有新发现。"婆婆开朗地继续道,"那种公寓不用担心邻居的目光呢。"

"那倒也是。我们在里面跟那么多人擦肩而过,谁也没有对我们产生好奇。"

"对吧。在走廊上也碰到人了,但是那人瞧都不瞧我们一眼。"

"是啊。"

"今后最好能选那种住公租房的人吧。笃子小姐,你觉得呢?"

"的确是……"

她含糊地应了一句,走到阳台上收衣服。

她觉得,不管是公租房还是自己买的房,那对夫妻反正都不会跟周围的人来往。但她觉得说出来太麻烦,就保持了沉默。

她在外面深吸一口气,用力吐出,突然有种恢复正常的感觉。以后还是别做这种事了。太危险了。

可是，如果皋月下次又找来怎么办？不，不用这么担心，反正需要替身的工作本来也不可能有很多。而且，不管皋月和婆婆说什么，她也要更加坚持自己的主张。

笃子做着深呼吸，看向天空。

24

后来,皋月就没再联系她。

但她很想知道那对表姐夫妇后来如何,便在下班后去了皋月家的烘焙店。

"欢迎光临。"

皋月一个人站在收银台后面。

"呀,这不是笃子姐嘛。"

"好久不见。"

已经快到傍晚了,店里却一个客人都没有。

"你瞧,门可罗雀吧。"皋月苦笑着说,"每天都有一大堆卖剩的货。考虑到材料费,简直是大赤字。"

"剩下的面包都怎么处理?"

"捐给车站另一头的儿童养护院。"

"那挺好啊。"

一般来讲,剩下的面包不都是打烊前半价销售嘛,皋月夫妇却直接捐掉,可见他们在困境中依旧善良不减。

"一开始我们都是天黑以后半价甩卖。"

皋月仿佛读了她的心一般,兀自解释道。

"为什么不卖了?虽然是半价,但总归能收点钱回来呀。"

"后来常客就只在半价时间段来买了。他们好像觉得既然有半价,用原价买就很不划算。"

"原来如此,做生意真难啊。"

"我们大失所望。我老公还说:'本以为他们觉得我的面包好吃,到最后竟是贪便宜。'"

笃子看着她痛苦的表情,心里很过意不去。她有点后悔为了替身的事情拿了皋月十万日元。

那今天就多买点面包回去吧。她拿起托盘,夹了一个又一个面包。

"你要买这么多?我是很高兴,但你也别太在意我呀。"

"我没有在意你,就是喜欢这里的面包。"

"谢谢你。"

笃子把托盘拿到收银台,皋月动作利索地开始打包。

"对了,笃子姐,我正打算今晚给你打电话呢。"

是说上回的表姐夫妇吗?难道要埋怨她们不守承诺?

"你表姐很生气吧?"

"随她生气去。当时真是太对不起了,我没想到她们家竟那么邋遢……"

"后来怎么样了?"

"好像找别人了。"

听说那对夫妻找了熟人来当替身,谢礼只给了三千日元的点心礼盒,两人都高兴坏了。

"他们俩不会把我们的事情说出去吧?"

"你别担心,那样会把他们自己也卷进去啊。别看他们那样,在这方面脑子还是很灵光的。"

"是吗?也对。那我可以放心了吧。"

"先不说那个了,笃子姐。你知道上哪儿能借到老爷爷吗?"

"啊?这次又有老爷爷失踪了?"

"就是啊。要是你认识愿意帮忙的人,就介绍给我吧。"

"你突然这么说,我也没辙啊。我公公已经去世

了。"

父亲虽然健在,但是她死也说不出这种话来。因为父亲最讨厌卑劣的行径。

"当然,谢礼少不了。"

她已经发誓再也不做这种事,却被皋月一句话给动摇了。

"这种事我不想再……"

"求求你,就当助人为乐。"

皋月双手合十对她说。"那位失踪的老爷爷以前当过县议会议员,是个了不起的人。"

她从来不觉得当过议员就了不起,皋月肯定也这么想。

见她不说话,皋月继续说:"他从奄美大岛出来苦学,自己打拼出了身家,是我家乡的骄傲呢。"

这么了不起的人,为何要欺骗区政府职员?

她很想追问到底,但是从"打拼出身家"这句话里,得到了赚大钱的预感。

"我先回去问问婆婆……但你可别太期待了。"

"谢谢笃子姐。"

皋月送了她一个牛角包。

她回到家,正在门口脱鞋,就看见婆婆从房间走了出来。

"怎么样?皋月小姐没生气吧?"

笃子担心自己回去太晚婆婆会惦记,就在下班时往家里打了电话。所以,婆婆知道她下班后要去烘焙店。婆婆搬过来之前,笃子下班后想去哪儿都无需打报告,因为没有打报告的对象。不过,现在婆婆却完全把握了她的行动。当然,她没有什么不能被知道的事情。别人可能觉得她想太多,可笃子偶尔还是会觉得这样特别烦。最近,那种感觉甚至慢慢变成了憋闷。

"没什么,皋月小姐反倒对咱们说对不起,不该介绍那样的人。"

"啊,太好了。一想到有可能被皋月小姐那种性格的人记恨,我就有点害怕。"

"我买了面包,您随便拿吧。"

"谢谢。对了,她那边有头货吗?"

"头货"是婆婆想出来的词,用来指代替身工作。因为婆婆说,为了避免笃子的丈夫和孩子发现,她们最好用暗语交流。如果说成头货,其他人可能以为她们在聊新鲜鱼虾或是蔬菜。

她沉默了片刻,被婆婆敏锐地察觉了。

"有头货,对吧?是皋月小姐找的?"

"可是……这回人家想要老爷爷。"

"我倒是有很多老头朋友……"

婆婆皱着眉看向虚空,可能在罗列自己认识的老人。

"藤次郎先生怎么样?啊,那人早就死了。不如……陶器店的阿守?不行,我对付不了他老婆。"

"妈,我真的不想再做……"

"我来给老头当替身吧。"婆婆起劲地说。

"妈,你来当?"

"没错。"

"可老爷爷跟老奶奶不一样,是男的啊。"

"笃子小姐,你还记得皋月小姐家那个职员的态度吧?他压根没往床边走,就站在外面朝我看了一眼。不,我都不清楚他看是没看。所以,只要戴上针织帽,架一副眼镜,就分不出男女了。"

"妈,这也太冒险了……"

"至少要收一百万。"

"啊,这么多?"

"那个老头不是县议会议员吗?养老金肯定少不

了。"

现在丈夫还有失业保险,可是她很担心一旦断掉该怎么办。家里房贷还没还清,沙也加的将来也……

再做一次吧。

真的是最后一次了。

婆婆说的没错。职员压根不怎么看老人。

他简直是一副赶紧盖章赶紧走人的架势。

没问题的。别害怕。

25

她跟婆婆并排坐在皋月的货车后座上。

"妈,真的没问题吗?"

"笃子小姐真是太爱操心了,好烦人。"

"可是……"

"当然没问题啊。管他床上躺的是老头还是老太婆,职员都看不出来。人家肯定觉得老人都长一个样子。"婆婆好像越说越气,有点激动地继续道,"真是太没礼貌了。那些人肯定都把床上的人当成了一团皱巴巴的物体。无法想象自己有一天也会变老的人,肯定脑子都不好。"

为了防止暴露女性身份,最好不要说话,所以两边商量以后,设定了卧床不起,老年痴呆,完全不会说话的状态。要是不会说话,那么别说人生经历,连名字都不需要记住。

这么一想，这种活还挺简单。而且那家人虽然离皋月家不远，但属于不同的区，也无需担心上回的职员会出现。

她们走进公寓大楼，乘坐电梯前往八楼。途中没有人进来，她觉得这是好兆头。走出电梯后，对面来了一个七十几岁的女性。三人不约而同地低下了头。擦肩而过时，对方朝她们微微颔首，于是她们又一起回了礼。

笃子漫不经心地抬头一看，霎时间感到心脏都要冻结。因为她此时才想起，现在到处都安装了监控摄像头。

"皋月，我们应该被监控拍到了吧？"

她越想越害怕，忍不住停下了脚步。

"那又如何？"婆婆冷静地说。

"没事的啦。"皋月也满不在乎地说，"警察只会在发生杀人案的时候检查监控。"

"笃子小姐，你别把什么事都往坏的方向想。"

她被婆婆骂了。难道她真的特别爱操心吗？有时候她真的觉得，世上所有人的神经都特别粗大。

在玄关迎接他们的家庭主妇跟笃子年龄相仿，打扮和举止都很优雅。

"今天突然请几位过来,实在非常抱歉。"

连说话都很有礼貌。

老人的房间光照很好,也打扫得很干净。床上的枕套和床单都一尘不染,可见这位老人平时受到了家人无微不至的照料。

"麻烦您换上这个,好吗。"

主妇递过来一套灰色睡衣。

"不会太大吧?"

婆婆两手展开衣服,上下打量。

"这不是我公公的衣服。我临时买了小号回来,并且洗过一遍了。"

果真是无微不至,令人感动。

主妇好像非常紧张,僵硬的表情让笃子也渐渐害怕起来。真的没问题吗?这回假扮的可是老爷爷啊,会不会太莽撞了?但她不想又被婆婆嫌弃自己爱操心,便很注意没把情绪表现出来。

婆婆换衣服的时候,笃子和皋月被带到了里屋。

"两位请在这里稍事等候。"

这里应该是她丈夫的书房。周围装着一圈书架,中间摆着大书桌。主妇可能提前开好了空调,屋子里很凉爽。咖啡桌上还摆着零食点心。

过了一会儿,她还送来了冰茶。

"我担心会发出声响,所以烦请两位喝点不加冰的将就一下。"主妇说。

笃子跟皋月走出房间,查看婆婆的情况。

婆婆躺在床上,被子一直盖到下巴,仰头看着天花板。因为婆婆长着一双大眼睛,模样温婉可爱,笃子一开始还担心她假扮不了老爷爷,没想到针织帽和眼镜一戴,还挺像模像样。原来可爱的脸型不分男女。

就在那时,门铃响了。

主妇明显紧张起来。

"我是住民课的人。"

对讲器传出一个平静的女性声音。

笃子一直以为来的是个年轻男性,一听见声音就更担心了,忍不住紧紧攥着旁边皋月的手臂。

"笃子姐,冷静。"

皋月对她耳语道。

笃子静悄悄地做了个深呼吸。

主妇去应门时,她跟皋月躲进里屋,两人把耳朵贴在了墙上。墙的另一头,就是婆婆躺的床。

"打扰了。"

那个冷静的女性声音之后,又传来了男性的声音。

"失礼了。"

好像来了两个人。是女上司和年轻男下属吗?

"你好呀。"

女职员突然发出了特别大的声音,可能资料上写着老人耳背吧。

"中、谷、先、生。"

她又一字一顿地大声喊了一遍。她大声喊名字……该不会已经走到床边打量婆婆了吧?由于看不到隔壁的情况,笃子越来越害怕。

"老先生,您、能、听、见、我、说、话、吗?"男职员也不甘示弱地大声说道。

笃子听不见婆婆的回应。

"老先生,您、叫、什、么、名、字、呀?"

女职员大声提问,婆婆没有回答。

"请问夫人是中谷先生的女儿吗?"

看来,他们放弃了对老人喊话。

"不,我是儿媳。"

"您真了不起。每天照顾老人一定很辛苦吧?"

"嗯,是……有点。"

"请问老先生从何时开始卧床不起了?"

"嗯……这个嘛,应该是大约半年前。"

既然都失踪了,其实老先生健步如飞吧。

"认知症状也很严重吗?"

"是的。"

"大约有四级看护水平?"

"……是的。"

"我看保健中心的资料上没写啊。"

"啊?"

"老人家接受过看护级别认定吧?"

"嗯……还没有。"

"咦,为什么?还是认定一下更好哦。到时候就有看护人员登门访问,协助您制作看护计划。"

"好的。"

人只要一急就容易话多,往往变得前言不搭后语,最后引起怀疑。不过,这位主妇话却很少。好在她是个聪明人。

"目前没有请日间护理和护工吗?"

"对,是我一个人在照顾。"

"老先生,您儿媳这么上心,真是太好了呢。"

女职员大声说道。笃子还是听不见回答。

"老人家目前在看哪家医院?"

"嗯……木下内科。"

"车站门口那个?"

"是的。"

"木下医生没让你给老人家申请认定吗?"

"我也不太清楚。"

"夫人,您最近一次带老人到木下内科,是什么时候?"

"最近……都没去过……"

"不去定期看诊,真的没问题吗?"

"嗯,现在没什么毛病……"

被问到这分上,主妇也有点坐不住了。

笃子猛地陷入不安,又一次紧紧攥住了皋月的手。皋月可能也有点担心,手上使了不少力气。一想到连皋月都这么紧张,笃子就更害怕了。她简直能听见自己心脏怦怦直跳的声音。

由于一直歪着坐,她的双腿开始发麻。笃子想换个姿势,却不小心摔了个屁股蹾。

"家里还有人吗?"女职员问道。

糟糕。笃子的心脏跳得快炸了。

"我们养了狗……"

"哦,那挺不错啊。这座公寓允许养宠物啊,真羡慕您。"

她能不能别光顾着闲聊,赶紧走啊。

"您平时都怎么开降压药之类的药物?"

"啊?哦,那个……都是我去拿的。"

"木下内科不诊察就开药吗?"

"不,那个……"

然后没了声音。

终究是被问住了吗?

怎么办?

要不狠狠心走到隔壁去,实话实说?

其实老人家失踪了。夫人对我们百般恳求,我们才出于助人为乐的心理做了这种事。我们是被骗过来的,没想到她是想诈骗养老金。

如果这样说,政府的人会放过她们吗?

"其实我理解夫人的心情。"

女职员的声音突然变得充满感性。

"这话是什么意思?"男职员问道。

"带一位卧床不起的老人去看诊,一定很累吧?而且好不容易带过去,结果每次都是开同样的药,会让人觉得很没意义。"

"嗯,是啊。你说得太对了。"主妇由衷地赞同道。

"这一带没有上门看诊的医生吧?"

"是啊,真是太让人为难了……"主妇用烦恼的声音回答。

"藤田姐,差不多了。"男职员委婉地说。

"差不多什么?"女职员不高兴地说。

"藤田姐,今天还有五家要走。如果又像昨天那样拖延时间,得走到晚上去了。"

看来女职员每次上门查看老人的情况,都会东扯西扯一些保健中心才会管的事。男职员恐怕早就不耐烦了。

"哎呀,真的,我们得赶时间了。"

"那么夫人,请您在这里签名或盖章。"男职员说。

"好的,是这里吗?"主妇发出了比平时都尖利的声音。

衣服摩擦声。看来他们总算起身了。

"对了,中谷老先生以前是县议会的议员吧。"

男职员是否在资料上看到了什么?

"是的,听说他最骄傲的政绩是完全扫除了清洁事业的浪费现象。"

主妇的声音突然变明快了。不知是看到职员准备离开松了一口气,还是为自己公公的政绩感到骄傲。

"哦,那可真厉害。我上维基查查吧。"男职员的声音也同样明快。

"走了,别磨磨蹭蹭的。刚才不是你让我快点吗。"

"不好意思。"

"走了走了。现在这些年轻人真是的,一有什么事就要拿手机查。你待会儿再弄不行吗?"女职员催促道。

走廊上的脚步声渐渐远去。

"打扰您了。"

"告辞。"

咔哒,大门关闭的声音。

笃子和皋月同时长出了一口气。紧张感突然消失,她们几乎要瘫软倒地。

接着,她们轻轻打开门走出去,发现婆婆还躺在床上,愣愣地看着天花板。她可能也特别紧张吧,脸上满是倦容。

"中间虽然很惊险,不过还算顺利啊。"

皋月微笑着说完,主妇却面无血色地走了回来。

"怎么办,糟糕了……"

主妇说着,双手掩住了脸。

"糟糕?怎么了?"婆婆猛地坐起来问道。

"我忘了网上有我公公的照片。他在本地是个名人。"

听到这句话,婆婆几乎是跳下了床,也不顾大家都看着,迅速脱掉睡衣,换上了自己的衣服。

"笃子小姐,我们回家。"婆婆绷着脸,句尾已经有点控制不住声音,"我的包在哪里?你放哪儿去了?快拿过来!"

最后,她的声音已经无比尖锐,显然陷入了恐慌。

"我可没听说网上有照片这种事。"

皋月也用从未有过的尖利声音对主妇抱怨道。笃子扭头一看,她太阳穴已经暴起了青筋。

"对不起,是我疏忽了。因为我平时也不上网。"

"赶紧走吧。"皋月挽着婆婆的手臂,走向大门。

"皋月,你别那么急……"

"笃子姐,你说什么呢,要是那个职员正在车里查手机怎么办?他们有可能立刻赶回来。不,说不定在电梯里就查了。"

皋月一句话让笃子也彻底失去了冷静。她夹着包,慌忙走向大门。明明走廊不算长,她却在途中绊了一下,顿时更恐慌了。

"请等一等。"

主妇拿着一个厚厚的信封追了过来。"这里是一百五十万日元,请清点。"

"开什么玩笑,我才不要。"婆婆斩钉截铁地说,"你,今天的事不准对任何人说。"

"这我清楚。"

主妇已经一副含泪的表情。"那起码让我把车钱给您……"

她从信封里抽了两张,想递过来。

笃子差点要伸手,却被婆婆拉住了。

"我们一分钱都不要,因为你我没有任何关系。"

婆婆头也不回地走了出去。皋月、笃子紧随其后。

"别乘电梯了,走楼梯吧。"

她们听了皋月的话,走向紧急通道。

一开始,笃子还因为婆婆走得慢而无比焦虑,但是没多久就改变了想法。那两个职员说不定还在门口逗留,要是下去得太早,恐怕会撞上。

"妈,您慢慢走。"

"走快了可真不好意思啊,笃子小姐好善解人意。"

"……没什么。"

笃子和皋月站在两边,牵着婆婆的手。

"笃子小姐,以后我们再也不干这种事了。光是想到随时可能败露,我都要折寿了。"

"嗯……是啊。"

她觉得婆婆说的没错。可是,家里没有钱。房贷还没还完。实在不行,他们两夫妻饿死街头也无所谓。可是,她实在放心不下沙也加。如果沙也加真的离婚回到娘家,就得让她找到养活自己的工作。

她们坐着皋月的车一直开到大路上,总算稍微冷静了一些。

"胆小的人还是该遵纪守法地活着啊。"

她没能回应婆婆的话。皋月可能也有类似的心情,一句话也没说。

不过话说回来……那个主妇说信封里有一百五十万。刚开始说好的应该是一百万。那么,皋月竟然多开了五十万吗?

莫非烘焙店真的干不下去了?

笃子的心情越来越低落。

26

那天早晨,志志子难得打来了电话。

"笃子小姐,今天是周三,我记得你不用到便利店上班吧?"

"对,是的。"

"那我去完百货公司,可以到你家坐坐吗?两点左右。"

"嗯,欢迎啊。需要我把电话转给妈吗?"

正在沙发上忙着刺绣的婆婆听到这句话,抬起了头。

"谁打来的电话?"

"笃子小姐,反正我今天要过去,你就不用把电话给她了。"

"志志子小姐说去完百货公司想过来坐坐。"

"把电话给我。"

婆婆放下刺绣包,站了起来。

"志志子?你要去哪个百货?哦,果然是那里。那你帮我买点那个吧。不对,不要抹茶馅,要红豆馅。他那里红豆馅也有两种,你记得买特制红豆馅。那东西可以冷冻保存,你多买点过来。嗯……买二十个吧。一点都不多啦,章和笃子小姐也要吃啊。还有,顺便买点那里的腌渍昆布①。"

不愧是母女,用"这个""那个"就能完成交流。

看来婆婆真的像丈夫说的那样,本来是个很讲究的人。

我们家的腌渍昆布都是超市买的。婆婆可能在吃的方面一直忍着吧。本来她能拿到公公的抚恤金,大可以买自己喜欢吃的东西,但有可能觉得对不住他们夫妻。

想着想着,笃子就沮丧起来。

根据丈夫的要求,她中午做了加了很多蔬菜的拉面。

笃子一边吸溜面条一边想:他们俩以前都很爱吃拉面,可是婆婆心里怎么想呢?

"下午我到图书馆去。"丈夫突然说。

---

① 一种海藻,亦称"黑菜""鹅掌菜""五掌菜"等。

"今天图书馆好像休馆吧?"

"是吗,那我就去书店吧。"

"难得志志子小姐要来,你为什么出去?"

笃子这么一问,婆婆也停下了筷子,似乎有话要说。

"哪有为什么……我跟志志子又没啥好聊的。"

看来他是不想见妹妹。难道他觉得自己没工作,没脸见人?

丈夫离开了大约三十分钟,志志子就来了。

婆婆快步走到门口迎接,一把抓过百货公司的纸袋。

"我好几年没来了吧。"

"快请坐。沙发和餐椅随便坐。"

"谢谢。"

志志子说着,拉开餐椅坐了下来。

"妈,你是不是胖了点?"

志志子凑近坐在对面的母亲,仔细打量了一番。

"是胖了一点。"

"我看你年轻了不少啊。之前干巴巴的,太显老了。"

"搬过来以后就有食欲了。"

"志志子小姐,咖啡可以吗?"

"笃子小姐,能换成煎茶吗?"婆婆说,"志志子买了好吃的金锷饼,你也一起吃吧。你买的是特制红豆馅吧?"

"买了买了,整整二十个。一个二百五十日元呢。"

"小气啥啊,你老公这么有钱。"

"是的是的。"志志子不耐烦地应了一句,然后感慨地说,"妈,我觉得你变了一点啊。"

"是吗?因为胖了?"

"不是,感觉变回了以前的性格。你看你,表情都跟在和栗堂当老板娘那时一样了。不久前还呆呆愣愣的,好像失去了生存的气力。"

"哪有你这样对亲妈说话的。"

"可是妈妈你……"

说着,志志子的表情突然变了。

她咬紧嘴唇低下头,像极了想跟母亲撒娇所以在闹别扭的幼儿园小孩。

曾几何时,她还哭得像个孩子一样,抱怨家里只有哥哥受宠,抱怨自己的牛排没有哥哥的大。她现在的表情,就跟当时一样。

"我知道笃子小姐会对妈妈好。可是……怎么说呢，没想到你们婆媳俩竟然相处得这么好……"

说得好像她一开始很期待婆媳不和。

若是豪宅倒也罢了，同住在小公寓里，的确很容易积累压力。婆婆恐怕也过得并不舒坦。

"结果妈妈却变得这么有活力。"

好像她很遗憾似的。

志志子其实很寂寞。都已经快六十岁了，至今仍未放下儿时没得到母亲疼爱的伤痛。樱堂说的"阴影"，笃子似乎总算理解了。

"因为我搬过来之后，生活过得波澜万丈啊，当然会变得特别有活力。"

"波澜万丈？比如什么？"志志子用撒娇的语气问道。

笃子泡了煎茶，把婆婆给她的金锷饼放到盘子里，走到她旁边坐下。

"我啊，帮别人搞年金诈骗了。"婆婆得意地放言道。

"妈！"笃子吓了一跳，不由自主地扯住婆婆的袖子。没想到她竟会告诉志志子。

"年金诈骗？怎么回事？"

志志子表情骤变，先瞪了一眼笃子，随后目光转向笃子拽着婆婆衣袖的手。

笃子好像被烫了似的放开了手。"妈,你说那个会不会……"

"那有什么,志志子是自己人,何况我们已经不干了。"

"话是这么说,可是……"

"没事没事,志志子又不会告诉别人。"

婆婆高声笑了起来。女儿专门来看她,她想必是很高兴。

"志志子,我跟你说,你听了可别惊讶——"

婆婆卖了好大一个关子,才说起了事情经过。志志子不时瞥向笃子的视线越来越锐利。笃子实在受不了,很想躲进房间去,可是现在走了,她又担心婆婆嘴上没个把门的,添油加醋越说越夸张。一想到这个,她就不敢站起来。

听完婆婆的故事,志志子只是冷冷地说了一句:"哦,原来如此。"既没有批评,也没有发表感想。这样反倒更可怕。

"你们慢慢聊。"

笃子说着,站起身准备回房。

她这是为了照顾母女俩,毕竟两人好久没在一起单独聊天了。婆婆说不定很想说儿媳的坏话,毕竟她肯定也积累了不少压力。

更何况——

"我该走了。"

志志子咔哒一声推动椅子,站了起来。

"啊,这就走了?"

"我想起来有点事。"

她用前所未有的坚毅态度离开了。

"我一直都在家里,下次再来哦。"婆婆说。

"那可不行,如果笃子小姐不在,那多不好意思啊。"

笃子觉得,这就是志志子好的地方。两人虽然性格不合,但志志子依旧是值得信赖的女性。

"志志子小姐,你别在意我,这里也是妈的家啊。"

本以为志志子听了这话会高兴,没想到她竟露出了气愤的表情。

怎么回事?明明是在说好话给她听,她怎么这样?

方才她还觉得志志子值得信赖,此时立刻在心中打消了那个想法。

大约过了一个小时,门口传来钥匙开门的声音。

可能是丈夫回来了。

笃子在厨房里没有停下动作,继续有节奏地切牛蒡。

"妈妈,好久不见了。"

背后传来沙也加的声音,她惊讶地回过头去。

"哎呀,这不是沙也加嘛。怎么样,过得还好吧?"

她飞快地打量着沙也加的全身。

她穿着柠檬黄的短袖T恤,白色七分棉布裤子,很有夏日风情。

粗粗一看,沙也加身上没有瘀青,但她还是放心不下。说不定瘀青都藏在衣服遮住的背部和腹部了。

婆婆从房间里走出来,抬头看着沙也加。

"你难道是……沙也加?"

"是啊。"

"我都没认出来。"

"讨厌,奶奶该不会痴呆了吧?"

"沙也加,你这样说话太没礼貌了。"

"可是如果有十个孙辈就算了,奶奶只有四个孙辈,而且我是唯一的孙女啊。"

"沙也加,别闹了。奶奶只是很久没见你,才没认出来。"

"笃子小姐,不是很久没见,而是沙也加变了很多。"

连婆婆都看出沙也加过得很苦了吗?她感到心都快碎了。

"我都不知道沙也加原来是女子更胜男的性格。"

婆婆看着脑袋探进冰箱里的沙也加说道。

"女子更胜男?"

"这个说法很老吧。就是女人撑起了一个家,什么事都由女人做主的感觉。把丈夫踩在脚下。"

"那应该……不会吧。"

"哪有,太明显了。"婆婆笑了起来。

沙也加明明能听见她们说话,却头也不回,挨个拉开厨房的抽屉打探。

"妈,我把这个拿走可以吗?"

女儿好像带了纸袋过来。

她往里一看,里面已经装了一堆芝士粉、火腿和冻柜里的鱼肉。

"可以啊……你没钱吗?"

"一点钱都没有。那家伙工资太少了。"

沙也加说话越来越粗鲁了。

"沙也加没工作吗?"婆婆问。

"当然要工作啊,还是在文化屋那边卖杂货。"

她压根不知道沙也加婚后也在工作。

"你不是跟有钱人家的大少爷结婚了吗?"婆婆毫不客气地问。

"琢磨是打工的,他爸妈有钱跟他没关系。孩子冬天就要出生了,他那个样子太让人为难。"

"你们有孩子了?怎么没告诉我?"

"这不是告诉你了吗?"

这还是她那个老实软弱的女儿吗?

她不可思议地看着沙也加。

"琢磨的爸妈已经不管他了。超市要交给优秀的姐姐继承。"

"可婚礼不是很隆重吗?"

"那只是生意需要。再怎么说,琢磨也是长子,婚礼太简单的话,面子上过不去。"

"沙也加,你真的变了。"笃子不自觉地嘟哝道。

"那肯定要变啊。如果我不加把劲,这个家就撑不下去了。"

"沙也加啊,琢磨先生会对你使用暴力吗?"

"你怎么又说那个?他不会对我做那种事啦,倒是我好几次忍不住打了他。"

说着,沙也加露出了苦笑。

"你要对丈夫好点哦。"婆婆严肃地提醒道,"那是你的人生伴侣,你们要相互扶持。"

"嗯,我知道啦,奶奶。"沙也加直率地答应道,"可是那家伙比我还迟钝,我就忍不住发火了。"

"要是顶梁柱倒下了,一个家都得倒。现在孩子也快出生了,你得好好珍惜他。"

"奶奶,你说得太好了。简而言之,琢磨就是摇钱树啊。"

"你怎么这么说话呀。"笃子忍不住大声斥责,沙也加朝她吐了吐舌头。

"沙也加,你好好听着。不管是男是女,打人就是不对。今后不能那样了。"

"嗯,知道了。其实我也在反省。"

"不过沙也加啊,你怀着孕,拿这么重的东西没问题吗?"

婆婆担心地看着她那鼓鼓囊囊的纸袋。

"我只拿了又轻又值钱的东西,没问题。"沙也加满不在乎地说,"意面和小麦粉太重,我就没拿。反正自己买也很便宜。"

此时,婆婆突然大声笑了起来。

"笃子小姐,你真的很会培养孩子啊。"

她倒抽了一口气。婆婆怎么能说出这么讽刺的话。

"你看,沙也加成了这么一个厚脸皮的阿姨。"说着,婆婆又高声笑了,"真是太可靠了。跟她相比,志志子真是……"

老人家脸上的笑容消失,还叹了口气。"那孩子都一大把年纪了,心灵还这么脆弱,敏感又神经质……真是到老了都要替她担心啊。"

笃子从未想过婆婆竟然会担心志志子。看来那句"很会培养孩子"并非嘲讽。

"好吧,我这个厚脸皮的阿姨要告辞啦。"

沙也加笑着说完,拎着纸袋走向玄关。

婆婆看着大门咔哒一声关上,然后感叹:"沙也加总算有种成为人生主角的感觉了。看见她这么幸福,我也就放心了。"

笃子感到眼角一热。

那天,丈夫很晚才回来。

说是说晚,其实才晚上七点。在公司上班时,他经常十点十一点才回来。自从被裁员,傍晚待在家里就成为常态,所以七点回来已经算晚了。

"你去哪儿溜达了?"

"嗯……"

丈夫直接走向餐桌,但没有吃东西。可能缺乏食欲。

"志志子小姐带这个过来了,你要吃吗?"

笃子拿出金锷饼,心想他应该会吃点甜的,丈夫的表情果然缓和了一些。

"好怀念啊。这里的金锷饼跟和栗堂的味道很像。"

他几乎没动碗里的饭,却拿起了金锷饼。

"老妈睡了吗?"

"在泡澡呢。"

"哦。"

丈夫瞥了一眼浴室,又看向笃子,压低声音说:"今天白天我在书店里,接到志志子的电话了。"

"哦。几点?"

"四点多吧。"

那是志志子离开的时间。

"她特别严肃地说:'哥,你到车站门口的咖啡店来,我有话要说。'于是我就去了。"

丈夫说完,吃了一口金锷饼,又喝起了煎茶。

"她要说什么?"

"她把养老金诈骗的事情全都告诉我了。"

"啊?"

笃子以为丈夫会生气,没想到他只是有气无力地说:"对不起,辛苦你了。"

"志志子小姐很生气吧?"

"生气已经无法形容了。"丈夫苦笑着说。

"她是不是觉得我带坏了咱妈,逼她做犯法的事情?"

"那倒没有。她气的是老妈没常识,还有我疏于监督,不负责任。连这种事都不知道,证明我平时不关心老妈。"

"那我呢? 她说啥没?"

"说了。她说'笃子小姐被老妈拽着做这种事,肯定很难受吧'。"

笃子又一次改变了想法。志志子好就好在能够公平分析问题,果然是个值得信赖的女性。

"抱歉啊,是我害笃子和老妈做那种事情……"

"我也有责任,太轻率了。"

"那不就证明咱家已经被逼到那种地步了吗?"

"嗯。一想到失业保险到期以后该怎么办……"

"我会想办法。"

"工作有眉目了吗?"

"……嗯,倒也不是没有。"

说着,丈夫一脸严肃地凝视着虚空,大口喝光了冷掉的煎茶。

"对了,志志子还说……"他有点尴尬地移开了目光。

"有话就说啊。"

"……嗯,她说笃子泡的茶很难喝,肯定是廉价茶叶。"

她只为婆婆买过一次她喜欢的茶叶,后来马上换成了超市特价家庭装。

"你得多注意点,老妈只喝鹿儿岛的……"

笃子狠狠瞪了他一眼，丈夫马上没了声音。

刚才她还觉得志志子是值得信赖的女性，这会儿已经在那句话上画了双重删除线。

她还是最讨厌这两兄妹了。

27

家里很安静。

志志子跟婆婆一起去看歌舞伎了,晚饭也在外面吃,所以今晚就用冰箱里的剩菜简单应付一下吧。

笃子已经好久没有如此放松,真希望婆婆能像今天这样经常外出一下。

她坐在沙发上,正好碰到遥控器,便漫不经心地开了电视。

然后,一张熟悉的脸出现在了屏幕上。跟城崎老师好像。

她连忙看向字幕。

——城崎绫乃(75)

"果然是城崎老师。她怎么了?"

起居室里一个人都没有,笃子还是忍不住对电视机说起了话。

——警视厅赤坂警署昨天深夜以杀人的嫌疑逮捕了被害者妻子。

"杀人？老师杀人了？骗人的吧，肯定搞错了。"

她不知不觉提高了音量。

电视已经切换到下一个新闻。她换了别的频道，还是看不到城崎的报道。

于是，她马上走进自己房间，在电脑上检索新闻，很快就找到了。

报道上说，她的丈夫城崎英明因脑梗死已经卧床十多年，而家中因为经营画廊负债累累，且个体户养老金很少。原本唯一能够依靠的儿子四十几岁还单身一人，而且不到三十岁就变成了"家里蹲"，因此只能靠城崎老师一个人的收入支撑全家。杀人的动机可能是长年积累的疲劳和压力。

这件事过于震撼，笃子一动不动地盯着墙壁看了好一会儿。

她认识的人里，没有人比城崎老师更优雅。她可以说是与杀人这种行为处在两极的人物。她如此美丽，甚至不适合杀死一只虫子。原来她在教室里展现出的美丽笑容背后，竟隐藏着如此令人难耐的个人生活吗?她的精神之强韧,或许真的来自良好的身世。与之相反,自己却到处抱怨"夫妻俩都被裁员了,家里好穷"。看来,老师并没有那种不在乎羞耻和他人议论的庶民感觉。

她可能没有任何倾诉的对象。去年年尾有一段时间,老师看起来特别憔悴。当时自己是否应该跟她说几句话呢?可是,她这种晚辈能说什么?放到现在来想,她也想不出来。

不,就算被讨厌,被嘲笑,她当时也应该鼓起勇气,主动上去说一句:"如果你不嫌弃,可以向我倾诉。"

就在那时,口袋里的手机突然发出声音,把笃子吓了一跳。

"喂,笃子姐,你看新闻了吗?"

皋月的声音飞进耳中。

"嗯,看了。吓我一跳。"

"没想到咱们老师还有那种苦恼……"

"人光看外表真的很难猜透呢。"

她那么优雅,让人很难想象她其实竟为金钱烦恼着。无论怎么看,她都散发着"我只是因为爱好而工作,完全没必要考虑金钱问题"的气息。

"我看她总是乐在其中的样子啊。虽然从去年年尾开始,老师经常一副很憔悴的模样,但我以为那只是年纪大了。"

"她肯定已经很绝望了吧。"

"美乃留小姐不是说,她同时兼了好几个班的讲师吗,当时我以为城崎老师真的很喜欢花,希望更多人了解到花卉的美丽,并从中找到生存价值。我也真是的,太肤浅了。"

"我也跟你一样啊。现在想想,老师好可怜啊。"

"我们能为她做点什么吗?"

"我也想为她做点什么。"

两人的声音都有点沙哑。

"啊,对了。忘了告诉你,我那失踪的婆婆回来了。"

"真的?她之前到哪儿去了?"

笃子之前越来越怀疑皋月把她婆婆的尸体埋在了地板下面,看来并非如此。

"被收容了。前不久电视台搞了个'我不知道自己是谁'的特辑节目,你还记得吗?"

"我看了那个。"

"我老公的姐姐在电视上看到了我婆婆。能找到人真是太好了。隔壁那个老太太疑心特别重,我都快撑不住了。"

"那真是辛苦你了。老人现在在家吗?"

"没有。她一回家就得了吸入性肺炎,又住到医院里去了。我把住的医院告诉邻居老太太,人家马上就去看望了。从那以后就没怀疑过我。"

"皋月啊,既然老人家失踪了,你怎么不报警呢?"

这已经是第几次问这个问题了?不仅是皋月。她表姐,还有那个前县议会议员的家人,全都不报警。这也太奇怪了,让笃子忍不住怀疑他们都隐藏了尸体。

"因为……如果在哪里发现了尸体,养老金就没了。"

"果然如此。"

"你也知道,我家的面包店生意越来越不好了。如此一来,婆婆的养老金就成了我家重要的经济来源。"

总而言之,皋月的婆婆还活着,真是太好了。

笃子感觉她和婆婆参与替身行动的罪孽一下就被洗清了。直到全身放松下来,她才意识到自己原来一直带着罪恶感。

果然,胆小之人只适合遵纪守法地活着。

那天晚上,勇人打来了电话。

"笃子小姐,那件事好像是真的。"

勇人一上来就这样说。

"琢磨哥在公司里是出了名的怕老婆。"

那天她得知使用暴力的不是琢磨,而是沙也加之后,马上打电话告诉了勇人。

上周,勇人跟大学时期一起打工的朋友聚了一次。当时,跟琢磨同在山冈贸易公司工作的前辈向他透露了信息。

"原来是个大误会。真对不起,把勇人也卷进来了。"

"她那个样子,换成任何人都会误会啦。"

"不过话说回来,沙也加竟然变成了那个样子,真是吓我一跳。"

"我觉得她本来就有那种潜质,毕竟她对我总是很霸道。"

那倒是真的。笃子还以为那是因为勇人是沙也加的亲弟弟。

"笃子小姐,你是不是特别期待外孙?"

"那当然啊,勇人也要当舅舅了。"

"对啊,我也要当舅舅了。等小朋友上了小学,我得帮那对笨蛋夫妻给孩子辅导功课才行。"

"对啊,拜托你了。"

笃子深深沉浸在幸福的感觉中。

28

过了一周,志志子又来了。

虽然笃子提前一天接到了消息,但她并没有专程去买新茶叶。

"笃子小姐,不好意思,我想把妈妈接回去住。"

志志子一来就说。

婆婆可能也吃了一惊,默不作声地盯着志志子。

但是笃子并没有吃惊。昨天晚上接到电话时,她已经猜出了大概。并非是因为婆婆协助别人搞养老金诈骗,志志子不放心她继续住在这里。其实是她太寂寞了。因为志志子至今仍在渴求母亲的爱。

一开始,母亲把爱全都倾注在了哥哥身上,现在又跟儿媳过得其乐融融。她一定无法忍受这种被排挤的感觉。

"笃子小姐怎么想?"婆婆抬起眼皮看向她。

"我觉得这样非常好啊。"

听了她的回答,婆婆立刻按捺不住高兴,露出了满脸笑容。

她不是没想过会失去六万日元养老金,不过想到以后可以回到没有婆婆的轻松生活,她就高兴得顾不上那个了。

"那就这么定了。"志志子说完,从包里拿出一张纸摊开。

上面写着日程。从志志子把家里一楼的里屋改装成婆婆的房间开始,到婆婆正式搬过去。

那天晚上,丈夫带着一丝酒气回来了。

"好晚啊,到哪去了?"

"嗯,去见了个人。"

"谁啊?"

"嗯……"

看似有点说不出口,但丈夫的表情很爽利。

"你有啥好事要说吗?"

"我也不知道算不算好事……"

他还在卖关子。

"其实呢,我给天马打电话了。"

就算不听后面的内容,单看表情就知道事情谈得很顺利。

"我能回归现场管理的工作了。"

"真的?你愿意在天马先生底下工作?"

"这次跟他见面,我发现那家伙也圆滑了不少。你别看他那样,好像也吃了不少苦。"

"什么时候开始上班?"

"下周。"

"那我给你做便当吧。"

"是吗,麻烦你了。"

"这是为了省钱。"

"那倒也是。"

丈夫能找到工作,真是太好了。

她顿时感到全身心都放松下来。

29

虽然白天还有点热,但结束便利店的工作时,外面的风已经变凉了。

虽然不知道秋风究竟刺激了什么,但每年这个时候,她都会变得异常想亲近人。

不如散散步,顺便到皋月的烘焙店看看吧。婆婆好像喜欢上了他们家的奶油面包,也给她买点回去吧。再过两个星期,婆婆就要搬走了,因为志志子家已经装修好了。

她用力蹬起自行车,风吹起头发,带来一阵清凉。

皋月的烘焙店映入眼帘。今天并非休息日,门口却挂着关店的牌子。

她下了自行车,走进店铺旁边的小路,按了她家老式的门铃。

没人应门。莫非是出去了?

"竹乃婆婆去世了。"背后突然传来声音。她回过头,发现邻居家的老太太叉开双腿,定定地看着她。

"吸入性肺炎一直好转不了,今天早上在医院去世了。"

"原来是这样啊。"

她回到家,马上把消息告诉了婆婆。婆婆遗憾地说:"本来很想见她一面的。"

就在那时,她的手机响了。是皋月。

"我婆婆去世了。区政府调查时,请两位帮了不少忙,所以我想打声招呼。"

"节哀顺变。有啥需要帮忙的,你尽管说。"

"谢谢你。不过我们一家人全体出动,应该能搞定。"

"皋月,如果不麻烦的话,我真的很想去帮忙。"

"啊?帮忙准备葬礼吗?"

"我想看看你会办成什么样子。"

笃子以前听皋月说起过给她公公办葬礼的事情,据说是一场没花很多钱,但是所有人都感到温暖的葬礼。哪怕只是远远看着,她也很想亲眼见证一下。如果他们打算只办亲戚参加的葬礼,那她也想一直帮到葬礼前一天。

"那就请你过来吧,其实这边也很缺人手。孩子们都有工作,亲戚又都上了年纪,我正为难呢。"

笃子结束通话后,婆婆一脸好奇地走了过来。

"刚才是皋月小姐打来的电话吧?笃子小姐,你要去帮忙准备葬礼吗?"

"对,我要去。"

"我也要去。"

"啊,这……不太好吧?"

老人家过去只会碍手碍脚,皋月也会不好意思。

"我保证不碍事,好吗?"

婆婆乖巧的声音实在太刻意了,笃子险些嗤笑出来,只好用力抿紧嘴唇,移开了目光。

"我还很会做锅烧菜哦。"

"这我知道。"

"而且啊,我也有权利跟过去。"

刚才的乖巧已经消失得无影无踪,婆婆瞬间就摆高了姿态。

"权利?"

"区政府来调查时,给老太太当替身的人可是我。"

"那……的确是。"

"笃子小姐不是要去吗?"

"嗯,我想帮点忙。"

"你刚才通电话时,不是被皋月拒绝了,然后又死缠烂打,非要过去吗?"

别人的电话她也能听得如此清楚。

"哦,是吗?"她故意装傻。

妈,我过去是为了学点东西,等你去世了能派上点用场。这话她怎么说得出口呢?

"笃子小姐,你肯定是想去学点东西,方便以后给我办葬礼吧。"

"怎么会……我还希望妈长命百岁呢。"

"讨厌,嘴巴真甜。总之啊,我就是要去。"

由于说不过婆婆,最后变成了两人一起去帮忙。

皋月穿着牛仔裤过来应了门。

"真不好意思,连阿姨都来了。"

"不会不会,我也是想学点东西。你瞧,我丈夫去世那会让章和笃子小姐花了不少钱,我心里也过意不去。所以啊,我希望他们不要为我花太多冤枉钱。所以啊,我要先学学这个葬礼该怎么办才好。"

"我也不知道能不能帮上您的忙。这次我准备节约到底,很多地方可能会脱离常识。"

"脱离常识就对了。"

皋月把她们领到起居室,自己马上走进了厨房,于是笃子慌忙喊了她一声。

"皋月,别泡茶了,我们是来帮忙的,你不要客气。"

她们甚至自己带了水过来。

"不过还是请两位先喝点热茶吧,我这还有卖剩下的绿豆包。"

没过多久,皋月端来了热茶和切成小块的点心面包。

"笃子姐,那我就恭敬不如从命了。首先,我得告诉两位这次准备办什么样的葬礼。"

三人围坐在矮桌旁,皋月开始说话。

"我希望办一场温暖人心的葬礼,不过,尽量不花钱。"

"你以前说给公公办的时候也一样吧。"

"是的。不过我打算换一种不同的形式。"

"为什么?你不是说那次很好吗?"

"因为我公公是个高傲的人,我们只需办一场家人的葬礼就够了。然而我婆婆有很多朋友,大家都还健在。"

"那你要找丧葬公司吗?"

"不,那不行。现在我们的生活比我公公去世那时还紧张,如果让活着的人陷入困苦,那就本末倒置了。"

这么理所当然的事情,她给公公办葬礼的时候怎么就没想到呢?笃子又开始后悔,赶紧摇摇头,甩掉负面情绪。

事情已经过去了,再后悔也没用。任何事都要向前看。

"我跟先生商量了,决定不找丧葬公司,就在寺院大殿办。那样一来,就能省下祭坛、车费和餐饮费了。"

笃子以前从未参加过在寺院办的葬礼。

"不好意思,能麻烦阿姨做锅烧菜吗?"

"交给我吧。"

婆婆充满干劲,还从鳄鱼皮包里拿出了从家里带来的围裙。

"我做的锅烧菜都有谁吃啊？"

"会发给寺院的僧人，还要用作守夜的款待。"

"花怎么办？寺院帮忙准备吗？"

"不，我准备让女儿们到市场和超市买。花瓶找寺院借，我们自己装饰祭坛。"

"找花店更快吧？"婆婆问。

"我有个开花店的朋友说，他们最赚钱的就是承接葬礼。她给我看过店里的大冷藏库，里面装满了不当季的菊花，又大又漂亮，卖得特别贵。"

"遗照已经做好了吗？"婆婆又问。

"我儿子用电脑放大，打印出来了。黑色相框在百元店买的。"

"你很能干啊。那葬礼纪念册呢？"

"文字印刷都交给我儿子了。这次没有用约定俗成的内容，而是写了一点婆婆吃苦一辈子的经历，还有小儿子险些加入暴走族时，被她一巴掌打醒的故事。这样就能让人了解，婆婆平时虽然很温柔，但也有严厉的一面，我觉得特别好。等会儿拿给您看吧。还有，我们在超市买了很多手帕，等会做好料理，麻烦笃子姐帮我包装手帕，好吗？"

"可以。我最喜欢那种简单作业了。"

"戒名要怎么弄?"

"老太太生前给自己起好了。如果寺院那边说不行,就让我们不用起戒名。"

"这样不行吧?"

刚刚才说过脱离常识才好的婆婆,此时已经皱起了眉。

"因为我们没钱啊。一个戒名要好几十万,实在是负担不起。"

"是吗……也对,还是不要勉强为好。毕竟活着的人更重要。"

婆婆轻易就被说服了。

"我们还算好的,最近有越来越多人搞零元葬了。"

"零元?"笃子问。

"就是啥都不做,只拉去火葬场烧了,连骨灰都不带走。"

"哦,还可以那样吗?"

"如果不领走骨灰,就会被葬入无主墓。"

"啊,我以前都不知道呢。"婆婆瞪大了眼睛。

"好在我公公生前建了墓地,减轻了不少负担。如果没有那个,现在恐怕很难办。不过,我们有很多家人希望能在墓前汇报一些高兴或伤心的事,几个孙辈也说想对老太太说话。"

"真让人感动,我都快流泪了。"

婆婆按了按眼角。

"对需要心灵寄托的人来说,墓地的确很有必要啊。"

或许,为公公开一方墓地并不是坏事。想到这里,笃子心里轻松了一些。

"对了皋月,你知道美乃留小姐后来的情况吗?"

"她没有联系我,我也不知道该不该打电话过去……毕竟那时候她看起来很痛苦。"

他们在听完区政府举办的"关于养老资金"讲座后,听说了美乃留的丈夫在公司里乱搞,让女同事怀孕的事情。从那以后,她就不再参加花艺课。笃子虽然很担心,但是想到美乃留可能后悔不该对关系不熟的人说那些话,也就没敢主动联系。拖着拖着,就拖到了夏天,又出了城崎老师那件事,连花艺课也无限延期了。

"你们说啥呢?美乃留小姐是哪位?"

婆婆什么都想知道，笃子也经常觉得很烦。

"美乃留小姐是我们在花艺课认识的人。"

"那个人遇到什么坏事了？"

"嗯，各种吧。"

"各种是什么啊？要对我保密吗？那我可太伤心了。"

皋月可能觉得婆婆一把年纪了，说话还像小学女生，忍不住笑了出来。笃子见状，本来心里很烦，却也忍不住跟着笑了。

有好多次，她都特别烦这个直来直去、思想单纯又不看气氛的婆婆。不过在他人看来，婆婆似乎也有点可爱。这倒是个新发现。

"美乃留小姐啊，是这样的——"皋月开始介绍。

说完美乃留的经历后，婆婆发表了感想："她先生在外面跟别的女人有了孩子？那真是太可怜了。你们要放着那个可怜人不管吗？好冷漠。"

"妈，我觉得这种时候别去打扰也是对的。"

"不对不对。现在这个世道，人际关系怎么越来越淡薄了？"

妈，您这种啥都想知道的人也好不到哪里去啊。

笃子在心中说。

"我们真的很冷漠吗?"皋月似乎被婆婆的看法影响了。

"她说不定在等你们联系哦。"

"啊,确实有可能。"皋月说完,看向笃子,"她是说过没有别人能倾诉。"

"如果换成我,可能会想死呢。"

婆婆一句话就让笃子觉得自己是特别冷血的人。

皋月可能也有同感。只见她突然变得坐立不安,并把手伸进围裙口袋。她显然在摸口袋里的手机。

"如果你担心她,就把她叫过来呀。"婆婆理所当然地说。

"叫到这里?"皋月问。

"对呀。但你不能问她'后来跟老公怎么样了',就对她说,'我这里人手不足,要不要过来帮忙准备葬礼'。等她过来了,看她表情不就能明白心理状态吗?"

"原来如此,这主意真不错,果然姜还是老的辣。"

皋月看了她一眼寻求赞同,可是笃子依旧有点生婆婆的气,稍微迟疑了一会儿。

"笃子姐,城崎老师出事的时候,你不也说应该找她说说话……"

"嗯,的确是。真的,你说得对。要是变成了无法挽回的事态……"

她不想再经历那种后悔了。

皋月打完电话,不到二十分钟,美乃留就出现了。

"谢谢你打电话过来,我好高兴。"美乃留一走进起居室,就做了个滑稽的动作,笃子顿时放下心来。

婆婆正在把莲藕切成花形,皋月则用饼干模具把胡萝卜片印成梅花形状,笃子在婆婆的指导下刻着花瓣纹路。

"你瞧,那个电话是不是打对了?"婆婆骄傲地笑了起来,真气人。

"见你这么有精神,我就放心了。"皋月说。"你是不是比以前还漂亮了?"笃子也说。

"我离婚了。"美乃留一脸轻松地说,"还分到一套房子。"

目前,她正在接受健身房教练资格培训。

"从下个月开始,试用期有三个月,只要通过了就能正式录用。"

"能把自己的兴趣当成工作,可真好啊。"笃子羡慕地说。

"事不宜迟,那位美乃留小姐,能请你把荷兰豆的筋撕掉吗?"

"好,请交给我吧。"美乃留开朗地说。

再一看,桌子上光胡萝卜就有十几根。

这些全都要用上吗?

"皋月,这到底要做几个人的啊?"笃子问。

"五十人份。"皋月漫不经心的回答让她吓了一跳。

把美乃留叫来真是太对了。

一是可以看到她有精神的样子,自己放心一些。二是要做五十个人的饭菜,多一个人帮忙也能容易一些。

30

笃子从便利店下班回家。

突然闻到熟悉的香气,忍不住停下了自行车。她跨坐在车上,仔细打量着花店门口的盆栽。

啊,对了,这是桂花的香气。

她怎么会忘了如此浓郁的香气呢……

仔细想想,最近家里好像都没有装饰鲜花。自从花艺课停掉以后,她就一直过着与鲜花无缘的生活。再加上经济拮据,她甚至没有产生过买花这种奢侈的念头。

城崎现在过得如何?在看守所里肯定很辛苦吧。

她把自行车停在店门口,买了一小盆桂花。

回到家中,她把花盆放在了玄关鞋柜上。由于空间狭小,香味显得更加浓郁了。

今天晚饭就做丈夫喜欢的土豆炖肉吧,再配一个芝麻拌菠菜。多做一点放进保鲜盒里，留着明天做便当用。

丈夫自从开始在天马的公司上班，表情就明亮了不少。虽然工作应该很辛苦，但他还是说，比起失业时的郁闷，现在简直像是在天堂一样。

第二天，她没去上班。

因为这天是皋月的送别会，她请求店长帮她换了班。

"我们决定回奄美了。"

大约两周前，皋月在电话里说。

笃子忍不住问："你要把老公留在东京吗？"

"讨厌，我先生也一起啦。那人明明是个男的，却总是手脚冰凉，现在能住到气候温暖的岛上，他高兴得不得了。"

她提前五分钟到达约定的家庭餐厅，皋月和美乃留已经在里面了。

"你在那边有地方住吗？"

她们吃着午餐，笃子问了一句。

"有个亲戚说把空房子免费借给我们住，所以我最后才下了决心。"

"有房子住，那暂时不用担心了。"

"这是饯别之礼，虽然有点少，还是请你收下。"美乃留从包里拿出一个礼金信封。

"我也……"

她险些跟着说"有点少"，慌忙闭上了嘴。按照丈夫的建议，她包了十万在里面。

"你们两位太上心了，真的，这没必要……"

皋月有点慌张地看着红包，突然抬起头来，笑着说道："真的谢谢你们，我好高兴。"

"皋月小姐在那边准备怎么生活？"美乃留一脸羡慕地问道。

"屋后有农田，我要在那里种蔬菜和水果。海里还能钓鱼，吃的方面应该不愁了。不过生活还是需要现金，所以我和我先生都会出去找一份工作。"

皋月微笑的面庞上散发着活力。

"葬礼那时真是谢谢了，多亏了你们。"

皋月放下叉子，郑重地行了个礼。

"哪有哪有，反倒是我学了好多事情。"

"那是一场满怀心意、亲手筹备的葬礼呢。"

"你能这么说我就太高兴了。连住持也夸奖我说：

'这是缅怀老太太的最佳形式。'还让我用了自己起的戒名。"

笃子现在还经常会想起寺院大殿静谧庄严的气氛。

念经的声音朗朗回响在古老的殿堂中,让她感到心底涌出了庄重的敬意。考虑到她并不信佛,那的确是种不可思议的感觉。她跟皋月的婆婆不熟,老实说也感觉不到什么悲伤。只不过,闭着眼睛倾听诵经,让她联想到了自己的根源,联想到了自己在银河系中的渺小。

主持讲完轮回转生的法话后,皋月那几个被奶奶带大的孩子都停止了啜泣。自古以来,人类为了救赎失去所爱之人的悲痛,花了不少智慧和功夫。

皋月丈夫的丧主发言也十分感人。他详细介绍了母亲的生平和趣事,连从未与故人见过面的笃子都强烈感受到了这个人的确曾经存在于这个世界。

灵车载着棺材准备出殡,家人亲属各自乘车前往火葬场。他们离开后,笃子、婆婆和美乃留便转移到大殿隔壁,开始准备餐食。像守夜那天一样,她们把事先在皋月家里做好的锅烧菜、炸物、啤酒、干物、毛豆等一一摆上桌。住持的妻子一直在旁边干脆利落地指挥，街坊邻居也来帮忙了。

正如皋月所说，故人有许多朋友。虽然这场葬礼来了很多老太太，搞得格外盛大，费用却控制在了最低限度。

"笃子小姐的婆婆也是一位个性强悍的人呢。"美乃留回想起来，微笑着说。

"后来我婆婆搬回了九十九里。她们母女俩个性都很强，总是硬碰硬，不过倒也经常一起出去买买东西，到处旅游，过得挺开心。"

"话说回来……城崎老师怎么样了？"

皋月突然想起来，停下了吃饭的动作。

"我给看守所寄信了。"美乃留说，"不久前接到回信，老师说：'没想到还有人记得我，真是太高兴了。'"

"谁也没有忘记老师啊。"皋月说。

——你们好冷漠。

此时，笃子脑中突然闪过婆婆的声音。

"在这里说不行，得写信把这个想法告诉老师。"

"也对啊。不然要被笃子小姐的婆婆骂了。"

美乃留听了，疑惑不解地看着她们。

"不过以后就见不到皋月了,好寂寞啊。"

"又不是一辈子都见不到。孩子都在东京,我也会偶尔过来玩啊。"

"到时候记得联系我。"

"当然。还有,你们也到奄美来玩呀。"

"我想去那里浮潜。"热爱运动的美乃留立刻高兴地说。

"我也去。等我慢慢存好机票钱。"

"要不然你们两位老了也搬过来如何?那边物价很便宜,只要卖掉东京的公寓,就能过得很好。"

笃子忍不住与美乃留对视了一眼。看来,只要努力动动脑子,就能发现各种可能性。她好久没有这种兴奋难耐的心情了。

几天后,笃子把沙也加夫妇和勇人都叫过来吃晚饭。

她本以为沙也加会拒绝,没想到女儿高兴地说:"我们当然会去。"

她做了老家特产散寿司,还有炸鸡块、炸鱿鱼、萝卜沙拉、茶碗蒸……

做好打量一番,桌上全是廉价的食材,她忍不住笑了起来。

"琢磨先生,沙也加是不是在家里作威作福?真不好意思啊。"

她狠狠心提出问题,琢磨略显羞涩地笑了。"自从奶奶提醒沙也加'要珍惜顶梁柱'后,她多少改了一点。"

"一点是什么意思啦。"沙也加气愤地说。

她用家里最大的盘子装满了水果作为餐后点心。里面有橙子、猕猴桃、草莓、菠萝……虽然便宜,倒也色彩缤纷,十分大方。

"好漂亮。"喜欢水果的勇人激动地说。

"真的,看起来好好吃。"怀孕的沙也加表现出了旺盛的食欲。

她正忙着倒红茶,却见琢磨小心翼翼地递过来一个纸袋。"请您收下。"

"这是什么呀?"她看向琢磨,对方却害羞地低下了头。

"是自己烤的饼干。"沙也加说。

"那真是谢谢了。"她对沙也加道了谢,沙也加却说:"不是我,是琢磨烤的。"

"哦?我都不知道你会烤饼干。好厉害。"

"姐,你真幸福。"

"哪里?"沙也加粗声粗气地反驳道。

丈夫不知何时已经转移到沙发上,正埋头看书。五个人围在餐桌旁难免有点挤,笃子就把红茶和饼干端给了丈夫。

"章先生,吃点心吧。"

"哦,谢啦。"

她瞥到了书的封面,上面写着"奄美大岛的历史与名胜"。

难道丈夫也想一起去?

她只想跟美乃留两个人轻轻松松地旅行啊……

如果他也跟去,肯定要当着美乃留的面炫耀历史和政治的知识。

又不能中途把他甩掉。

不对,等等。可以让他提行李啊。

——要好好珍惜顶梁柱。

此时,婆婆的话又浮现在脑中。

嗯?瞧瞧我,根本没资格说沙也加嘛。

笃子觉得好笑,又兀自笑了起来。